ちくま文庫

そこから青い闇がささやき

ベオグラード、戦争と言葉

山崎佳代子

筑摩書房

階段、ふたりの天使

ステファンとダヤナへ

生まれたその日から
小さな手をひろげ
愛のかけらをささげるために
私たちはやってきた

おもいきり泣いて
そっとほほえんで
命と命がささえあい
階段をのぼりつづける
水と空気を
奪われ
光を消されても

手をつなぎ
命は命に
耳を澄まし
声もたてず
階段をのぼりつづける

天使が空に
かえった朝も
小さな足あとが
ただ闇にかがやき

だから
私たちは
のぼりつづける
天使が去った階段を

そこから青い闇がささやき　ベオグラード、戦争と言葉　目次

そこから青い闇がささやき　ベオグラード、戦争と言葉

緑の水、音楽

大切なものが、ふと消えてしまうことがある。月夜の晩、可愛がっていた犬が散歩に出たきり、そのまま戻らなかったり、毎日のように遊んでいた人形が、旅のあと、家に帰ると無くなっていたり……。

犬や人形だけではない。人が消えることもある。一人や二人ではない。百人、千人、いや数万人と、弔いの唄もなく、墓碑に名が刻まれることもない。生まれてきたことすら否定するように夥《おびただ》しい数の人影が、それも一瞬にして奪われてしまうことがある。

「地球に僕の力の及ばぬ裂け目が在ると知ったとき、絵を描くほかに術はなかった」

ユーゴスラビアの画家レオニード・シェイカは言った。「倉庫」の連作で、廃棄物処理場、臓器や機械の部品が秩序を失って放り出されている。現代美術に新しい表現を与え、三十代で彼はこの世を去った。

犬も人形も人も、実はこの地球の裂け目のなかに連れ去られたのではないかと疑いはじめたとき、私は詩を書くほかなかった。その闇の向こうに封じ込められているものを、流れてくる風の音色や薫りを手掛かりに記してゆくこと。それはいかなる書物にも記されなかった無数の生命が、歴史の流れのなかに存在していたことを証する手仕事に外ならない。

裂け目から吹く風に耳を澄ましていると、鳥や虫の唄にまじって、思いがけず美しい力に満ちたこどもの声が聞こえてくる。裂け目は「倉庫」ではなかった。いくつもある「裂け目」は緑の水で結ばれていて、私たちは自由に泳ぎ回ることができる。それは音楽だ。

裂け目の風景を言葉の糸で織り込んだ布をあなたに届けるのは、消されていった魂に名前を取り戻す儀式であり、名前を蘇らせる共同作業であればいいと、私は祈っている。

I

カラタチの花、トランク

小さな自叙伝

東京とベオグラードの時差は、夏は七時間、冬は八時間。ここで真夜中の時計が十二時を告げ、シンデレラが長い階段を駆け降りていくころ、日本では、とうに朝が来ていて、新しい一日がはじまっている。

あなたにお贈りする文章は、一九九一年から二〇〇三年の間にベオグラードで生まれた。遠い旅にお誘いするまえに、私がどこから来たのか、少しだけ、お話ししておこうと思う。

＊

一九五六年九月十四日、私が産声をあげる。母の実家のある金沢市。産院の丸い湯船で、看護婦さんが、しっかりした腕に私の小さな首を支え、ガーゼで身体を洗っている。はっきり記憶に残る湯の匂い、細かいタイルの感触は、父が撮ったセピア色の写真のせいだ。

それから十八の春までを、静岡市に育った。保育園に通う道に、カラタチが咲いていた。マッチ工場、老人ホーム、少年鑑別所と競輪場……。私を取りかこむ最初の世界だった。

小学校は、田圃《たんぼ》のなかにあった。一年生の図工の時間。その日は、ちぎり絵を作っていた。花に使う暖かい色が足りない。緑の紙を花びらにした。すると、担任の望月せつ先生が、それを取りあげた。どきりとする。と、みんなにおっしゃった。「これを見てごらんなさい。花は、いつも赤や黄色じゃない。緑の花があってもいい」きまりを破り、ほんとうの姿に近づくこと。この授業で、それを知った。

それから、二年生の秋のはじめ。道徳の課題で、私たちは、家族から戦争の話を聞いた。小沢君の話は、原爆が石に残した人の影のように、私の記憶に刻まれる。彼の父は戦争にとられ、中国大陸にわたる。上官の命令で、中国人を捕らえて両手を縛り、槍で突いて殺さなければならなかった、と……。縮れ毛でくりくりした瞳の小沢君の声だけが響いて、教室はしんと静まりかえっていた。

中学校は、駿府《すんぷ》城の城跡のそばにあった。秋の終わりには、彼岸花《ひがんばな》が血のように燃え、お堀に深紅《しんく》の花影が揺れた。あの日の放課後、いつものようにターミナルで、バスを待っていた。ラジオが臨時ニュースで、三島由紀夫の割腹《かっぷく》自殺を告げた。寒い日だったのだろうか。ぞくぞく身震いした。少年のように短くした髪と、ミニスカートのせいではない。あさま山荘事件も、このころに起きた。冬の夜、家の前の通りから、誰かが「インターナショナル」を歌うのが聞こえた。つややかなテノールだった。

十七歳の九月、夏休みの感想文が終われないでいた。ドストエフスキーの『罪と罰』について、書くことに決めていた。だが何度、書きはじめても、書けない。途中まで書いた紙を、反故《ほご》にして捨てる。それを繰り返した。それまで原稿用紙は、清書のための大切な紙だったが、その夜、無駄をはじめて自分に許した。やっと書き終えると朝の五時で、青い闇が、ゆっくりと窓のなかで明るんでいった。五枚の原稿用紙をホチキスで綴《と》じる。そのときに思った。書くことが、こんなに苦しいのなら、二度と書かない、と。

十八歳の三月の終わりに、私は静岡を離れた。それから四年半を札幌で過ごす。ロシア文学の勉強をはじめた。あっけなく学園紛争は過ぎ去って、あとには名付けがたい空洞が残され、大学の交響楽団の部室から、さまざまな楽器が音合わせをしているのが聞こえる。何かを迷っていた。何をしたらいいか。どこへ行ったらいいのか。答えがわからぬままに。

卒業をまえに、私は国を出たいと思いはじめた。危険を感じた船倉の鼠のように、ほとんど本能に近い気持ちに駆りたてられていた。「大きな国」の言葉ではなく、「小さな国」の眼で観たら、世界はどう映るだろうか。ぼんやり、それを考えた。キャンパスの銀杏が眩しい、秋だったと思う。もしかして、夏だったのかもしれない。ユーゴスラビア政府留学生募集要項が、文学部の掲示板に貼られていた。図書館で、アンドリッチの小説『ドリナの橋』を見つける。読み終えたとき、そこに描かれた世界はあまりにも違う世界で、だからこそ心を奪われた。見知らぬ土地へ、私は慌ただしく準備をはじめた……。

トランクには、宮沢賢治の童話集、中也と朔太郎の詩集と聖書を入れた。ノートには、クリーム色のカードを挟んだ。カードには、ふたつの詩が書き写されていた。翻訳家田中一生さんが、セルビア語でタイプしてくださったセルビアの女流詩人デサンカ・マクシモビッチの詩、「おののき」と「血まみれの童話」だった。

一九七九年九月の終わり、私は日本をあとにする。闘争のあとで、成田空港での検査はものものしかった。友人たちに見送られ、片道切符でユーゴスラビアへ向かった。雲の下で、国は青緑の模様になっていき、やがて視界から消えた。

写真のないアルバム

蜜蜂、サラエボ

薄汚れた電車の扉が開くと、夜の闇のなかにくっきりと、光に照らし出されたイスラムの寺院が浮かびあがった。重たいトランクをよろよろ引きずりながら、降りる。サラエボについたのだ。

町をミリャツカ川が流れていた。アンドリッチの作品にも描かれている。一九一四年、この川に架けられた橋のたもとで銃声が響き、オーストリアの皇太子が殺され、第一次大戦が勃発した。

蜜蠟《みつろう》の匂いがこもる正教会の礼拝堂、ピエタの像、ミナレットと呼ばれる尖塔から流れる読経《どきょう》の声。ギリシャ正教、ローマン・カトリック、イスラムの文明が流れ込む土地、遥かな国から支配者たちがかわるがわるやって来たバルカン半島……。ボスニア・ヘルツェゴビナ共和国のサラエボの町で、私はユーゴスラビア文学史の勉強をはじめた。
その年の十月のはじめは、初夏のような暖かさが続き、蜜蜂が唸りながら飛びかっていた。大学本部の石段に腰を降ろし、日を浴びておしゃべりする学生たちは、洗いざらしの半袖のTシャツを着ていた。

ガブリエラの文法書

私の部屋は学生寮の八階で、アフリカのギニアビサウから来たガブリエラと同室だった。まだ二十になったばかりの彼女は、経済学を勉強していた。アフリカの仲間たちの最初の質問は、日本には人種差別があるか、だった。ジンシュサベツ、それがこの町で最初に覚えたセルビア語の言葉となった。彼女は、枕の下に表紙の取れた小冊子を入れていた。母国語の文法書だった。彼女の国は、数年前にポルトガルから解放され、はじめて文法書が書かれたのだと言った。ときどき、部屋を訪ねてくれた同郷のビンセントは、物静かで穏やかな人だった。祖国の解放戦線で銃を取ったと言った。国に妻子を残して、獣医になる勉強をしていた。地球には、生まれたばかりの国、記されたばかりの言葉があることを知った。

留学手続きは、いろいろと手間取って、文学部で勉強をはじめたら、もう十一月で、空気は冷えはじめていた。

ラショモニアーダ

一か月が過ぎようとしたころだったと思う。顎髭《あごひげ》をたくわえたのっぽの助手、ペーロ氏が、コーヒーに誘ってくださった。

秋の昼下がり、飾り気のないテーブルにトルコ・コーヒーが運ばれる。煙草《たばこ》をくゆらせながら、ペーロ氏がおっしゃる。「ラショモニアーダという言葉を知っていますか。日本語起源の外来語、誰もが自分自身の真実をもっている。黒澤明の『羅生門』、実に素晴らしい映画だ。登場人物は、それぞれに異なった告白をする。それぞれに自分自身の真実がある。これは深い真理でしょう」

サラエボで過ごす一年は、どの町よりも刺激的だった。この言葉を私は、ときどき思い出す。埃《ほこり》っぽいあの日の風といっしょに。

アルマの写真館

大学の仲間たちは、親切だった。アルマは、自分と同じくらいに背の低い私が来たことを、心から喜んだ。この土地の人としては、アルマは小さかったから。彼女は、ペーロ氏に恋をしていた。一人で行くわけにはいかないが、やっぱり彼に会いたい、だから、あなたが一緒に来て、と私を説き伏せ、突然にペーロ氏のフラットを訪ね、三人で長い散歩をしたこともあった。天気のよい日曜日で、私たちは丘に上った。サラエボの町が見下ろせる。ミリャツカ川の水が光っていた。

あの日、私が撮ってあげた写真を、彼女はとても大切にしていた。ペーロ氏は、どちらかといえば困っていた、はずだ。

アルマは故郷のムルコニッチに私を連れていってくれ、建国記念日の連休を一緒に過ごした。お父さんは町で写真館をやっていた。夕方、白黒の証明写真をハサミで切り離すのを彼女は手伝っていた。その間、おしゃべりをやめない。この世に、私よりも凄いおしゃべりがいる。信じられなかった。お母さんは、竈《かまど》でパンを焼き、羊の肉料理でもてなしてくれた。夕食のあと、トルコ風の甘いお菓子をごちそうになる。朝は、村をゆく羊たちのベルの音で目をさました。

アルマの姉の夫婦の住むヤイツェの町にも行き、ティトー元帥《げんすい》の肖像画を集めた博物館を訪ねた。多くの人たちが心から、ティトーを尊敬し、国を誇りに思っていた。

キンポウゲの花輪

一九八〇年、年が明けて間もなく、ティトー元帥は、重い病気にかかった。新聞には、脈拍、体温、病状が記されるようになっていた。町は、パトロールが強化された。冬休みに、モスタルを旅した帰りの汽車は空いていた。車掌は、日本人の私を見ると、前の席に座り、語りはじめた。この国がどんなに素晴らしいか、どんなにこの国を愛しているかを。心から、ティトーの病気を、心配していた。

五月四日、ティトーは亡くなった。そのとき、ベオグラードに居合わせた私は、長い長い葬列を目の当たりにする。国会議事堂からゼレニベナツ青果市場まで、人々の列は数キロにも及んだ。キンポウゲを編んだ花輪を携え、民族衣装に身をつつむおじいさんもいた。八歳くらいの男の子が、公園のそばで私を呼び止める。「お姉さん、お金ちょうだい。お腹が空いたよ」

あの子は、どうしているだろう。数日間、国は喪に服し、ラジオ、テレビから、クラシック音楽だけが流された。

仮面の町

サラエボ大学の仲間には、いろいろな民族の友人たちがいた。しかし、なぜだろうか、表面の大らかさや陽気さの裏には、言葉にあらわせない何かがあった。大きな闇が、人と人の間に横たわっていて、誰もがどこか本当になれない町に思われた。何かが私たちの手のとどかないところで起きると、みんな仮面を被り、光を通さないカーテンの後ろに隠れてしまう。空気が、重すぎる日がある。恋もせず、私はサラエボをあとにした。

リュブリャナ、それからベオグラードへ

私は、次にスロベニア共和国のリュブリャナに移った。ズマガ・クメル先生の民族音楽研究所で、八か月を過ごすことになる。二月の町は静かな雪に埋もれていた。スロベニア語の勉強をはじめた。

テーマは決めていた。民謡における情死、心中《しんじゅう》だった。日本だけにあると思いがちな心中は、似た形で、この土地の各地の民謡にも見られた。何が普遍か、何が民族的か。何が同じで、何が違うか。その答えを、ずっと探し求めることになった。

寮の仲間に、言語学専攻のヨジツァがいた。ボシティアンという四つの坊やを一人で育てながら、勉強を続けていた。ボシティアンは笑顔のすてきなこどもだった。仲良しになった。「人生は、一番大きな学校よ。さあ、これを飲んで。身体にいいの

よ」彼女は、手作りのヨーグルトに摘みたての苺をつぶして、御馳走《ごちそう》してくれた。私は臨月を迎えていた。

出産、ベオグラードへの移動、結婚……。新しい家族。つぎからつぎへと世界にやって来た三人の息子たち。目まぐるしい変化に、毎日を夢中で追いかけていた。

陽が明るく、何もかもが、のびやかで、いきいきとしていた。一九八五年には、ベオグラード大学で、新設されたばかりの日本学科の仕事をはじめた。

誰が、信じたろうか。この地に戦争がはじまり、ゆったりと流れる時間を私たちから奪い去るものがあるなんて……。

Ⅱ　こどもの樅の木

昼下がりのバスストップ

レモンとパン

はじめて迷彩服の男の人を見たとき、思わず身震いした。一九九一年、天気のよい秋の日の午後、団地群を通う路線バスを降りたときだった。動員されていた人が休暇をもらい、家族に会いに来たのか。男の人は、買い物袋をさげていた。レモンとパンが入っていた。

それから、しばらくして、市場でこども用の迷彩服を見つけた私は、「ひどいわね」と友人に言った。屋台にぶら下げられた服は、風に煽《あお》られて、絞首刑《こうしゅけい》にあっているように思えたから。「でもね、父親が動員されているこどもに、お母さんが買うと言うわ。パパとお揃いよ、きっとパパは帰ってくるよって……」私は、口を噤《つぐ》む。

どんな光景にも、やがて私たちは慣れていく。いつの時代もそうだ。

だが、どうしても慣れることのできない何かを、かたい小さな石のように、私たちの心に、残していく。名付けがたい何かを。

埴輪の顔

ベオグラードには、いつもより厳しい冬が来た。数日前に戦闘の終わったブコバールは廃墟となった。約八百五十体の遺体の身元確認が終わったが、二百体はまだで、遺体の数はさらに増えるだろう。この酷寒《こっかん》に遺体処理の作業ははかどらない。惨《むご》たらしい虐殺のあとも無数にある。目を抉《えぐ》られ頭を割られて空洞になった陶器のような幼児の死体が、テレビの画面に映し出されると、「あなたたち、隣のお部屋に行きましょうね」と、まだ小さかった息子たちを食堂に誘い、私は扉をしめた。こどもたちは、息をのみ、大きな眼で、クローズアップされた埴輪《はにわ》のような女の子の頭を見たはずだ。最も危険な戦地へ、私たちの団地からも何人か動員されている。息子たちの通う幼稚園や小学校の仲間の父親たちにも、家族を残し戦場に送られていった人がいる。召集をかけられるのは早朝や深夜が多く、拒むのは難しい。それでも、友人たちは、無意味な戦争で死にたくないと、親戚の家を転々としたり、海外の知人のもとに身を寄せたりして、兵役を逃れようと工夫していた。新聞の死亡広告欄に、戦死者の写真の載らない日はない。

どこの家でも小麦粉、油、トイレットペイパー、保存食、蠟燭《ろうそく》を買い溜め、食品庫は一杯になった。九月から犯人不明の爆発物が随所に仕掛けられ、町は緊張する。大学の新館の五階でも、爆弾を入れた箱が見つかったと聞いた。私の研究室がある階だ。戦場で若者が精神錯乱状態に陥り、装甲車でベオグラードまでひた走りに走り、駐車中の車に衝突してやっと止まったという事件もあった。

ジョニーは戦場から帰った

九月から学校は、戦火を逃れて難民となったセルビア系のこどもであふれた。ノビサド市の商業高校では全校生徒千名のところに約二百人が転入、教室は満員になった。たとえすべてを失っても両親と一緒に来た子はまだいい。可哀想なのは、両親を戦場に残してきたこどもたちだ。はじめての都会生活、村との電話連絡もままならず、親の生死すらわからないと、スラビツァ先生は言った。

近所のセーカさんの働く病院にも、毎日、遠い戦地から負傷兵が運び込まれてくる。この数か月でどれだけの人が、身体障害者になっていっただろう。セーカさんは言う。彼らに罪はない。彼らの人生に誰が責任を負うのか。この戦争を引き起こした政治家はぬくぬくと暮らしている、と。十八歳の若者は、この社会は僕らをベトナム帰還兵にしようとしていると言い残して、夏の終わりに動員されていった。

戦争が始まるというのは、私たちを取り巻く空気が一度に汚れて重たくなっていくことだ。どこを向こうが、この空気に晒《さら》される。呼吸を止めるか、ここを去るしかない。

祖国のなかの異邦人

セルビア人のリュビツァさんは、クロアチア兵にもう少しで殺されるところを奇跡的に助かり、一九九一年十月、故郷のククニェバッツの村を捨て、ベオグラードに難民として逃れてきた。「逃げて、危ない！」と叫んだのは、隣人のクロアチア人、カータさんだ。リュビツァさんにとって、この戦争は二度目の戦争である。父は第二次大戦のとき、ウスタシャ（クロアチアの精鋭部隊）に殺された。彼女自身は七歳のときシーサック児童収容所に送られ、一か月後に失明、ザグレブ近郊の収容所に移されたが、そこでクロアチア人のソラル夫妻に引き取られ、七か月間、夫妻の献身的な看護のかいあって、視力が回復したという体験をもつ。目が見えるようになって、初めて見たのは木のシャモジだった。戦後も夫妻と親戚同様の付き合いをしたと言った。

彼女が母と収容所送りとなった日は、ウスタシャに騙され教会に集められた村人七百人が虐殺にあった日だった。彼女は言う。「大切なのは良き人であることだ。民族など関係ない。NDH（クロアチア独立国）の時代にも良きクロアチア人はいた。ふたつの民族の憎悪は、突然天から降ってわいたように、あのときも政治によって庶民に押し付けられた。村のセルビア正教の教会では、どちらの民族の者が死のうと弔いの鐘を鳴らしたし、葬式とあればどちらの教会にも参列した。農作業も仲良くやった。あの虐殺でさえ、戦後は許しあい、つい昨日まで仲良く暮らしていた。それががらりと変わったのは、自由選挙のときからだ。急に不信感が生まれ、人間関係はみるみる冷えていった。今回も政治が私たちを引き裂いた」と。

嫁のジュルジャさんも同じ村の出だった。十二年間、看護婦として働き、楽しい家庭生活を送ったザグレブから逃げてきたのは、一九九一年九月のことだ。友人はクロアチア人が多く、一度も民族を意識したことはないし、差別も受けなかった。空気が急に変わったのは自由選挙のときからだ、と彼女も言った。それまでなら誰かを傷つけるからと口に出すのを控えていたことが、当たり前に言えるような雰囲気ができてしまった。

マスコミは「セルビア人はチェトニック（セルビア王党派による祖国解放の武装組織

だが共産党の率いるパルチザンと決裂、後にウスタシャに対する報復としてクロアチア人を虐殺した）で共産主義、連邦軍は占領軍」と、絶えずプロパガンダを繰り返す。「第五列（味方のなかに潜む敵）はあなたがたのなかにいる」と、絶えず不信感を煽る。この九月に夜警だったセルビア人の夫が急に解雇され、一家は身の危険を感じ、夫は戦場となった故郷の村へ、彼女と二人の娘はベオグラードに出てきた。

ジュルジャさんたちが身を寄せるのは、クロアチア人のブルマン夫人の一家だ。夫はセルビア人である。一九五七年にザグレブからこちらに来たというブルマン夫人は、セルビアでは、一度もクロアチア人が迫害されたことはない、クロアチア新政権の方針は非人間的で悲しい、クロアチアが独立すればセルビアで私は異邦人となる、こんなにいろいろな民族が混りあって住んでいる土地では、ユーゴスラビアは誰にとっても一番よい共存の方法なのだと、言った。

ユーゴスラビア連邦の解体は、ブルマン夫人のような孤独な異邦人を、バルカンの各地に生み出していった。

冷たい霧に町はおしだまり

ブルマン夫人の家はスタラ・パソバの町にある。ベオグラードから車で三十分ほど、自動車道路を走った。道に沿って、田舎家が建ち並ぶ。手帳に書き留めた通りと番号は、すぐに見つかった。この低いフェンスと木戸は、私たちに襲いかかる恐怖から、家人を十分に守れないだろう、そんな印象をもったのは、季節のせいだったろうか。春だったら、きっと庭に花が咲き乱れていたろう。その日は、すべてが深い霧につつまれていた。何もかもが白く凍てついていた。

燃え上がる炎

一九九一年――クロアチア内戦

旧ユーゴスラビアはアドリア海に面したバルカン半島の南スラブ人の多民族国家であった。一九一八年に成立したセルビア・クロアチア・スロベニア人王国が母体であるが、大戦中は独伊のファシズムに誘発されて燃え上がったそれぞれの民族主義のために、多くの血が流された。そうした犠牲のうえに、すべての民族の自由、平等、友愛を国家理念とする社会主義政権が誕生した。一九四八年にはスターリンのソ連が主導するコミンフォルムと訣別して非同盟路線をしき、働く者が企業経営にも参加する労働者自主管理の経済体制をとり、個性的な国づくりを実践してきたと言える。芸術も自由な空気が満ちていて、無限のエネルギーを秘めていた。ペレストロイカの波のなかで、東欧諸国の市民が熱に浮かされたように求めたものの多くは、この国の民が四十年も昔に手に入れていたものである。

しかし、この波はユーゴスラビアには負の影響をもたらした。体制批判とともに、これまでタブーとされた過激な民族主義的発言も可能になった。昨日まで父とあがめてきたティトーがあらゆる困難の元凶であるという発想は、過去の言動にも現在のそれにも責任を取らないですむ言葉のアナーキーを、知識人たちに許してしまう。国際政治では冷戦構造が崩れ、これまで東西の懸け橋としてあったユーゴスラビアの存在価値が解体する。

一九八〇年にカリスマ的な存在であったティトーが死んでから、同国家を指導する立場にあったユーゴスラビア共産主義者同盟は、各共和国代表が各々の地域の多数民族の利益だけを代弁していき、一九九〇年一月に、とうとう解体してしまった。共産主義者同盟は民族主義へ傾き、分裂したのだ。九〇年中に共和国レベルで行われた自由選挙では、大半の共和国で保守的な民族主義政党が勝利する。連邦レベルでの経済改革は困難になり、経済は悪化し、庶民の不満は高まっていった。

初の自由選挙は、大国の思惑もからんだ金権選挙でもあった。政治亡命し西側に匿《かくま》われていた第二次大戦時の民族主義的グループの子弟は、多額の政治献金を携え帰国する。化石のようになっていた社会主義体制のあとに、新鮮な市民社会の発想をもった政党も皆無ではなかったが、そこには資金も組織もなかった。民族主義政党のリーダーは、解決の展望のない経済危機に対する国民の不満を、民族意識に訴えるという、危険だが安上がりな方法をとった。昨日までの無神論者は、それぞれの民族宗教に熱中し、政治はますます感性的なものになっていった。

最初の内戦の舞台は、クロアチア共和国のかつてボイナ・クライナ（軍事辺境地帯）と呼ばれた地方である。アドリア海沿岸からボスニア・ヘルツェゴビナ共和国、セルビア共和国との境界線に続く帯状の地域だ。オーストリア・ハンガリー帝国の時代に、オスマン・トルコ帝国の攻撃に備え、主としてトルコ支配を逃れてきたセルビア人に土地と自治を与え、屯田兵《とんでんへい》として配置したという歴史的背景もあって、セルビア人が多く住む。

一九四一年、ナチス・ドイツの傀儡《かいらい》政権として生まれたクロアチア独立国（NDH）は、「劣等民族」とみなしたロマ人（ジプシー）、ユダヤ人とともに、この地のセルビア人を大量に虐殺した。正教徒であるセルビア人に対し、「三分の一をカトリックに改宗、三分の一を追放、三分の一を殺せ」を合言葉に、ヤセノバッツ強制収容所、シーサック児童強制収容所など、アウシュビッツより原始的で野蛮な死の工場が作られる。犠牲者のなかには「赤」のレッテルを貼られたクロアチア人やスロベニア人もいた。死刑執行人となったのが、ウスタシャと呼ばれるクロアチアの精鋭部隊であった。

しかし、戦後の体制になって、悲劇は民族主義とファシズムが起こしたもので、共産主義は死のイデオロギーに勝利したと言われ、クライナのセルビア人とクロアチア人は許しあい共存してきた。それが五十年と経ぬ間に、再び同じ地域で、民族主義の炎が燃え上がったのだった。

クロアチア人による民族国家を目指す新政権は、まず共和国憲法を改正した。それまでクロアチア民族と並んで国家を構成する民族としてあげられていたセルビア民族の名を削り、これを少数民族と同列においた。ウスタシャが用いていた紋章が新しい国旗に採用されたことは、セルビア人の過去の忌まわしい記憶を一度に蘇らせる。クロアチアがユーゴスラビアからの分離独立を主張しはじめると、クライナ地方のセルビア人は、ふたたび「劣等民族」として消されるのを恐れ、分離独立に反対し、ユーゴスラビアに残る権利を主張した。

しかし、クロアチア当局は、警察力を強化することでこれを抑えようとする。恩赦で多数の犯罪者を出獄させ、四か月の訓練期間の後、クロアチア警察官として採用した。ウスタシャを次々と復権させ、特殊部隊の訓練にあたらせる。そして、最後に、大量の武器密輸によって、連邦憲法に規定のない軍事組織を驚くべき速さで作り上げてしまった。フェリーニの「アマルコルド」の一場面を思わせる一九九一年五月のクロアチア国防軍閲兵式は、ヨーロッパの暗い時代の到来を予感させるのに十分だった。逮捕状も持たない数百人の警察官による村の度重なる襲撃に、セルビア人もまた、連邦憲法にない武装組織を作って抵抗する。クライナ地方は武力の無法地帯となったのである。

投獄された人々

炎は拡がり

クロアチアではじまった内戦は、一九九二年四月、ボスニアにも拡がる。サラエボに銃声が聞こえた。セルビア正教会で婚礼の儀式が始まろうというところに、銃弾が撃ち込まれたのだ。町には、民族別の武装組織がすでにできており、戦争は始まった。ボスニアは旧ユーゴスラビアの中央に位置し、セルビア人、クロアチア人、ムスリム人（イスラム教徒化したスラブ人）が混在する地域である。戦火は町から村へ、めらめらと燃え上がり、拡がった。ベオグラードの町は、故郷を失った人々であふれた。

その年五月に、ユーゴスラビア（セルビア共和国とモンテネグロ共和国）には、国連制裁が科せられた。社会主義体制が崩壊すると、この地にも民族主義が台頭し、第二次大戦時の悲劇の構図が再現した。ムスリム軍、クロアチア軍、セルビア人民兵の三つの武装組織が入り乱れて戦っている。内戦には、三民族の指導者にそれぞれ責任があるはずだった。

国際社会の名において、つぎつぎに、私たちは裁かれていった。移動の自由もひどく制限され、私たちの空間は、見えない壁で塞がれていった。

大きなトランク、おばあさん

五月三十一日、日曜日。ベオグラード空港。私たちは、二階のキャフェにいた。イタリアで日本語を教える友人夫妻を見送るために。コーヒーの味が思い出せない。友人のご主人は医者で、ベオグラードに学会があり出席していた。ご主人の知人の夫妻も一緒だった。知人の奥さんは、ネナ・アルネリッチという有名な映画女優だ。でも、この日は、みんなとても普通の人になっていた。はじめて出会ったはずなのに、昔からの友人のようだった。大切な約束でも交わすような、熱い声で話していた。これから到来する時代に、誰もが同じように向かい合っていた。私たち六人は、緊張して、アナウンスに耳を傾ける。

パリ、ウィーン、ローマ……赤いランプが一つ一つ点滅し、電光掲示板から消えてゆく。ときおり、話の輪からふっと離れ、私は空港の一階のカウンターをぼんやりと眺める。苦労して買った航空券を手に、途方に暮れる人々。大きなトランクを引きずるようにして、右往左往しているおばあさんは、きっと戦場となった田舎町から出てきて、外国へ難民として出ていくのだろうか。

友人夫妻が乗るはずの便はキャンセルされた。時間はあまり、残されていない。私たちは、みんな階段を駆け降りて、カウンターに走る。ネナ・アルネリッチさんは、最後のイタリア行きの便を探すと、カウンターの女性に頼んだ。この大切な友人夫妻を乗せてくださいい、と。チェコ航空だったろうか、搭乗ははじまっていた。私たちはパスポート・コントロールへ走る。慌ただしく、握手を交わす。友人の夫は、静かに怒っていた。国連制裁という不条理に対して。その怒りが、嬉しかった。それから、友人が言った。主人がホテルのキーを返すのを忘れてしまったの、返しておいてくださるかしら。私は、キーを受け取る。二人は、最後に振り返り、大きく手を振り、それから見えなくなった。

国連制裁には、交通制裁も予告されていた。この日、国の空路が断たれたのだ。

もの憂げに五月の花は香り

翌日の正午、私はバス・ターミナルでバスを待っていた。翻訳者会議に出席するために、アランジェロバッツ市に向かう。あのときのバスの窓の景色を、まったく思い出せない。のどかな田舎に続く道なのに。会場は、森のなかの古い館で、中庭に菩提《ぼだい》樹《じゅ》の花の香が、もの憂げにたちこめ、仲間たちがいた。私たち、みんな投獄されたわ。私は、昨日の空港で見た光景について語った。年のずっと上のロシア文学の翻訳家は、おだやかに、しかし注意深く、私の話に耳を傾けていた。民の悲しみは、こうした静けさをもって、受けとめるもの……。それは、これから訪れる黒い時代に力を失わないための、深い知恵に思われた。この地の人々は、これまでも歴史の変わり目には、いつもつらい経験を繰り返してきたのだから。ところで、何をめしあがりますか、と翻訳家はたずねた。白ワインか、それとも赤。何を飲んだのか、果物のジュースだったと思う。

焦げ茶の革のホルダーのキーを、私はレセプションに返しそびれたままでいる。

蟬《せみ》は鳴く、神様が螺子《ねじ》をお巻きになっただけ

まったく予告なしに、あの日の国際便はつぎつぎにキャンセルされていった。ボスニア内戦での唯一最大の責任国として対ユーゴスラビア国連制裁が決定したのだった。この制裁の効き目がなければ、国交断絶、軍事介入と、圧力は強められていく、と聞いた。効き目はあるはずがないから、圧力は強められていった。

制裁は湾岸戦争時の対イラク制裁より厳しいもので、文化やスポーツをも含んでいた。言論、学問、報道の分野にも見えない力が及んでいくに違いなかった。ベオグラード大学日本学科でも、日本留学が内定していた学生たち四人に、取り消しの知らせが入った。スネジャナ・マルコビッチは、当時三年生。日本文部省（現文部科学省）の奨学金取り消しを知ったのは、言語学の研究計画書を提出したほんの数日後だった。彼女はこんな作文を書いた。今学期最後の翻訳演習で、遅くまで教室で語り合った三好達治の「蟬」の一節も引用されている。

「ユーゴスラビアという国から、この手紙を書いています。七日前、国連制裁で、私の国のドアがしまってしまいました。けれども、ユーゴスラビアを閉鎖することは、もう一年前にはじめられていたと、私は感じます。まず、スロベニア、そしてクロアチア、マケドニアがユーゴスラビアから分離して、セルビアとモンテネグロだけが残っています。とうとう、昔のユーゴスラビアがなくなってしまいました。内戦がはじまりました。今までのどの戦争とも同じように、勝った側が、勝った人が一人もありません。

世界が制裁を始めてから、私はひどく狭い部屋に閉じ込められているような気がします。空気もないし、助けてくれる人もいません。いろんな恐れを抱いて、毎日毎日新しい恐れがつぎつぎに生まれます。武器を恐れ、飢餓を恐れ、外国の友だちを失うかもしれません。

けれども、世界は間違えなかったのでしょうか。今日の世界の行動は、私に昔のことを思い出させます。『それも、おおかたは、悲しいこと……』第二次世界大戦のロマ人（ジプシー）とユダヤ人のように、私は今日、セルビアで生まれたから、私に責任があるということです。世界の判事の仕事は責任のある仕事ですから、偏見を捨てて見なければなりません。そのように、この戦争のいろいろな面から目をそむけるのは、人々の憎しみを買うだけの結果になると思います。誰のためでしょう。

憎しみは人間によいものを生んだことがありません。『政治に心がない』とよく言われますが、そうならば、人間にそのような政治をするのは似つかわしくありません。ですから、武器を取り除きましょう。大砲や鉄砲では、何も遂げられないことを、知りましょう。明るい心でお互いにもっと住みよい地球を作りましょう。ユーゴスラビアのためだけではなく、人間の幸福を願ってこれを書きました」

何のために、私たちは異国の言葉を勉強しているのだろうか。人と人が出会い、わかりあうためではなかったか。戦争とは、地球の歪んだ時代精神の反映だ、と思った。一国では戦争は起きない。世界が、内戦という兄弟殺しを強いられた人々の精神の地獄を正視しない限り、戦火は止まない、と思った。閉ざされていく国で、遥かな国の言葉を学び続けるほかに、なかった。

トリフノビッチ写真館

国連制裁について日本大使館で説明会があった。ベオグラードに住む邦人が呼ばれる。帰ってきた洋氏は、言った。「留学生の菊地さんて、優しいな。説明のあと、日本人の移動には問題がないとわかってから、彼女は、じゃあユーゴスラビアの人たちは、どうなるんですか、と質問した。声が、ほとんど泣きそうだったよ」

空路は閉ざされた。ハンガリーまでバスがあった。パンノニア平原を、ずっと抜けてゆけばいい。果てしなくひろがる麦畑とトウキビ畑、向日葵《ひまわり》もいちめんに咲くだろう。ブダペストから、飛行機に乗るのだ。この国を出るときには……。

私たち家族は、ハンガリーの査証を用意しておくことにした。嫌がる三人の息子たちを集め、いつもよりは見栄えのする服を着せて、団地のトリフノビッチ写真館で、ひとりずつ証明写真を撮った。そういえば、戦争が始まって、家族の写真をしばらく撮っていなかった。これを機に、一枚、家族の写真を撮ることにした。写真屋のゾランは、ファインダーを覗き、右手で合図し、少し私たちの並ぶ位置をかえ、またファインダーを覗いて、二度、シャッターを切る。気に入ったら焼き増ししてあげますよと、キャビネ判で二枚の写真をくれた。できあがった写真のなかで、五人は固い表情をして、何かを睨《にら》んでいる。

洋氏は、しばらく何も言わないで写真を見ていた。今回はいいや。焼き増しを断った。「あら、どうして？」「気に入らないね」それが、久しぶりの家族の肖像画になった。

黒い花

引き裂かれた心

一九九一年十月、ベオグラードの幼稚園で、こどもが黒い花を描きはじめた。黒い花は、多くのこどもの絵に咲いた。ユーゴスラビア内戦がはじまり若い父親が連邦軍に動員されていたし、クロアチアから難民となった人が流れてきた。黒い花は、不安や恐れを表す。それは、社会に発せられた危険信号だ。難民となった少年はナイフが突き刺さり血が滴《したた》る心臓を描いた。少年が体験した戦場の残酷さを表すだけではない。心の傷が攻撃的な感情に転化する危険をも示していた。クロアチアとスロベニアの独立承認で旧ユーゴ解体が確定したころ、ある子は画面いっぱい、ハートが二つに割れた絵を描いた。片方は黒、片方は赤。

心理学者ベスナ・オグニエノビッチ女史が、難民の心の痛みを分かち合おうとワークショップを始めたのは黒い花がきっかけだった。奪われたもの、踏みにじられたものを描き出すこどもの力の激しさに、彼女は言葉を失ったという。「肉親の死や別離のほか、政治的状況は難民の心理に強い影響を与える。国連の最後通牒やNATOの空爆は、どれほど難民の母親の気持ちを乱すことか。戦場の夫が死ぬかもしれない。村が焼かれ二度と故郷に帰れないかもしれない。政治は抽象的な話ではない、命に関わる問題なのです」と、彼女は語った。

今回のクロアチアおよびボスニア・ヘルツェゴビナ内戦で難民となり新ユーゴスラビアに逃れてきた人は約四十万人、その四二パーセントは十八歳未満のこども、八五パーセントが女性、夥《おびただ》しい数の家族が引き裂かれた。新ユーゴに特徴的なのは難民の九五パーセント以上が親類、知人などの家にホームステイしている点だが、受け入れ家族に対する国際人道団体からの援助はない。制裁で国家経済は破壊され、一般家庭が急激に貧困化したため、受け入れ側と難民の間に生まれる葛藤もある。

第二次大戦中も、ナチス・ドイツの傀儡《かいらい》政権クロアチア独立国から追われて難民となったセルビア人がこの地域に来た。今世紀に二度、同じ地域で同じ現象が起きている。この難民現象は、比較的に教育水準が高く経済的にも豊かな国に起きた、移動が同じ文化圏内で起こるなどの特徴があり、心理面の問題の複雑さも無視できない。精神科医のベロニカ・イシパノビッチ教授のチームは内戦に伴う心神障害を研究、その予防・早期発見プログラムを作成した。「国際社会にとっても新しい体験で、それに対処する方法論はまだない。国際政治の流れが変わらなければ、同じ現象がほかでも発生することは十分予想できる。この研究は普遍的な意味があるのです」と語った。

輝く卵

ベオグラードから南へ三百五十キロ、クルシュムリエは人里離れた温泉保養地だった。こども休暇村を訪ねたのは、四月の末。冷たい雨が、咲きはじめたばかりの李の花を散らす。NATOがボスニアのセルビア人地域を空爆した直後だった。赤ちゃんを抱いた若いお母さんが迎えてくれる。難民の母子が四十一人、料理や清掃を分担し、生活している。パンも手作り、庭にはささやかな菜園が黒々と耕されている。セルビア人のほか、ムスリム人、クロアチア人、女たちが肩を寄せあうようにして生きていた。難民生活が二年、三年になった人も多い。世話になっていた親戚が制裁で失業、これ以上負担をかけられない、もってきた僅かな蓄えで間借りしていたがお金を使い果たしたなど、施設に来た理由もさまざまだ。家財を守るために夫は家に残り、妻子だけで逃れてきた人がほとんど、内戦がこんなに長びくとは思ってもみなかったと、誰もが言う。銀行員だった人、事務員だった人、喫茶店を経営していた人、昨日までの生活は一度に奪われた。一番心配なのは、戦場に残った夫の命だという。夫がムスリム人側の強制収容所に入れられていた人、夫と連絡が取れない人、寡婦《かふ》となった人、若い母親たちの運命はあまりにも重たい。

「バルカンでは歴史を通じ大国の利害が衝突する。この戦争も同じ形で起きた。私はクロアチア人、夫はセルビア人、内戦が激しくなった今も愛は変わりません。戦争は大国が止めさせようと思えばいつでも終わる。終わらないのは、戦争が長引くことに大国が利益を感じているからです」サラエボから逃れたオリベラさんは言う。「三つの民族は同じ言葉を話すのですよ。地域レベルでは、何度も停戦の合意ができていた。大国が政治的、軍事的に介入するたびに、それが壊れる。NATOの空爆は紛争の一方であるムスリム人側を勇気づけただけで、状況は悪化した。国連が三方を平等に扱わない限り、平和はないのです」とコニツァ出身のゴルダナさんは語った。

施設の庭の前を流れる小川をわたると、雑貨店を経営するチェーボさん一家が住んでいる。施設が断水したとき水を貸したのがきっかけで、付き合いがはじまった。第二次大戦のとき、チェーボさんの母も難民生活を体験したことがあり、とても他人事とは思えなかったという。「ここの女性たちはみんないい人たちだ。礼儀正しく、働き者だよ。いろんなお祭りがあると、うちもみんなに呼ばれたり、こちらが家に呼んだりしている。難民となるまえは、金持ちだった人が多い。去年、仲良しになったサラエボの家族も、ここの村の者よりずっといい暮らしをしていた。別荘があって、車も二台あった。でも、何もかも失った。まず奥さんとこどもが逃れ、その後、やっとご主人が脱出、今はオーストラリアに難民として暮らしている。まあ、家族が一緒になれただけでも幸せかもしれない。この居間の窓から、施設の柵と庭が見えるでしょ。こどもたちが、チェーボおじさあんって手を振るのが見える。胸がいっぱいになるよ。映画で見たアウシュビッツかなんかの収容所をどうしても思い出すよ。二十世紀も終わりというのに、なぜこどもたちが故郷を追われ、施設に閉じ込められなきゃならないんだ。難民とは、いやな言葉だ。私にとって、みんなはお隣さんだよ」

ゴルダナさんが、部屋に案内してくれた。戸棚には、大きな陶器の器があって、十個くらいの卵がある。農家を手伝い、お礼にもらったという。卵はしずかに輝いていた。こどもたちは栄養を摂らなくちゃね、と彼女は言った。それから、二人で外に出た。小川の流れる音が聞こえる。あなたに見せたいものがあるのよ、とゴルダナさんは、私を庭に連れていく。「この木を見てちょうだい。みんなで降誕祭に植えたの。しっかり根がついたわ。わたしたち、負けない、この小さな木のようにね。どんなにつらくても……」こどもの樅《もみ》の木だった。

ボスニアのセルビア人地域に対するNATOによる空爆は実施された。だが、爆弾を落としてよい場所、焼いてよい村、殺してよい命があるのだろうか。ベスナ・オグニェノビッチ女史は言う。「このハートは、最近のこどもの絵です。割れていたハートはまた一つになりました。ただ縫い目が描き込まれている。傷は残る、だが、いつか一緒になれる。これだけの殺し合いのあとでは、それぞれの地域で話し合い、三方はしばらく別れて住むしかない、それが大人の現実でしょう。でも、こどもたちはいつか一緒になれる日を予感しているのかもしれません」

春という人

ロシアの心理学者ビゴツキーを研究するベスナ・オグニェノビッチ女史との出会いは、私の人生の事件だった。哲学部の実験心理学科の研究室を訪ねた私を、昔からの友人のように迎えてくれ、三時間も語り合った。この後、何かがあるにつけ、私は彼女の研究室を訪ねるようになる。ベスナ、それはスラブ語で春を意味する。激しい冬のなかに、彼女は仲間たちと春の兆しを示していた。

Ⅲ　光る朝の雪

見えない戦争

経済学者アブラモビッチ氏は、新ユーゴの経済破綻《はたん》の要因は三〇パーセントが連邦解体の影響で、七〇パーセントが経済制裁による、と分析した。

経済制裁の対象から除外されるのは「人道目的」とされるもので、輸出国が許可を申請すると、それが人道目的かどうかを安保理のメンバーによる国連制裁委員会が判断して許可する仕組みだ。拒否権があり一国の反対でも専門委員会に回されるため、難民の援助物資が国境で許可を待つうちに数か月が過ぎ、使用期限が切れて返送されることも珍しくない。医薬品は制裁の対象外だが、製薬原料はいけない。国内の薬品工場は、生産が難しくなった。

異常な経済生活が強いられた。気の遠くなるようなインフレは、ワイマール時代のドイツのそれをはるかに越え、ギネス・ブックに記録された。秒刻みで命が削られていくような、あの恐ろしい感触を、どう表したらいいだろうか。給与は、月に二回から三回に分けて支払われた。教員の給与は、その一回分が、十マルク（約六百円）にもならないというところにまで落ちた。闇の外貨が、通貨になった。多くの工場が、原料を断たれ、市場を失って操業を中止した。国民の大半が、失業状態となった。

文化やスポーツの国際交流さえ禁止された。オリンピックでさえ、団体種目は出場を禁止された。「世界には、正義がないのだろうか。僕らは、一度も政治のためにスポーツをやってきたことはない」と、ユーゴスラビアのバスケットの名選手、ディバツ選手は言った。この土地に生きる人間は、一人残らず、巨大な監獄にいた。

小麦粉

「正しい制裁なんて世の中にはない。苦しむのは庶民だ。制裁は新しい形の戦争だ。目に見えないだけに恐ろしい。我々には戦争の責任がないかと言えば、ないとは言えない。だけど、セルビア人だけのせいじゃない。クロアチア人やムスリム人にも責任がある。大国もこの内戦を加速させたじゃないか」パン屋のボリスさんが言った。

店は、どこかしら、がらんとしている。もう長いこと、改装をしていない。昔ながらの白いタイルが貼られ、パイとヨーグルトで朝食をすませる客のためのバーが、無愛想に壁に取りつけられているが、ほかに客はいない。夕方のせいかもしれない。もうすぐ閉店の時間だった。ケースには薄い皮でチーズを包んだパイが売れ残っている。小麦粉の大きな袋が、店の奥に高く積まれていた。

小麦粉の大きな袋は、わが家のテラスにも置かれていた。たしか配給だった。料理の上手な主婦たちは、パンを家で焼きはじめた。安上がりだし、おいしかった。

脱脂粉乳

一九九二年に制裁がはじまってから、世の中は一度に変わった。ワイマール時代のドイツのインフレ率をも更新する記録的なハイパー・インフレが、私たちの命をガリガリと削りはじめた。激しいインフレで、給料はどんどん目減《めべ》りする。公務員たちは給料をもらうと、すぐにクネズ・ミハイロ通りの闇の外貨を扱う男たちのところに走っていき、ディナールを売りドイツ・マルクを買う。それが嫌なら、金は物に替えることだ。歯磨き、洗剤、ケチャップ、缶詰、トイレットペイパーなど、その月に要るものを買っておく。毎日、レートは変わっていった。最後には、分刻みと言ってよく、一日に三度も闇レートは書き換えられた。市場の品物は、みんなマルク立てだ。写真屋で現像代を払ったら、釣銭はフェニヒ硬貨だった。どこの国のお金？　と聞いたら、ドイツだと言われる。マルクの小銭ということだ。いったい、私たちはどこの国にいるんだろう。

給料は必ず遅配《ちはい》だった。現金支給のほかに、赤十字を介して届けられる人道援助物資らしいものが、ときどき大学職員にも配られる。トルコの石鹸《せっけん》が四個、パッケージにはピンクの花模様がついていた。それから、スキムミルクがあった。五キロくらいの袋入りで、私は雪の日にそれを抱えて家に帰った。袋には、製造年月日も生産国の表示もない。外気は零下十度には下がる。袋はテラスに置くことにした。二か月は、そこに置いたままだった。友人は、カカオと砂糖とマーガリンを加え、こどもたちが好きなチョコレートクリームを大量に作った。作るのは簡単だ。でも、私は作れなかった。どうやら生産国はベラルーシかどこかで、チェルノブイリの汚染ミルクらしい、という噂が流れていたのだ。お隣のベータさんは、あなたが要らないのなら、田舎のお姉さんにあげるからちょうだいなと言った。いいわよ、と答えた。ベータさんは取りに来なかった。ミルクどうなさる、と聞くと、やっぱり止すわと言う。私はまた袋を抱え、団地のゴミ箱に捨てに行った。病気になるよりはましだ。袋はずっしり重かった。行儀の悪い鳩たちが、餌をあさっていた。

冬休みの直前に配られた給料がとれず、休み明けに大学に行くと、給料はすっかり目減りしていた。給料で三人のこどもを床屋に連れていくつもりだった。二週間後には、一人のこどもの散髪代の三分の一にしかならなかった。

牛乳、冷凍食品

スーパーマーケットは、がらんとしていた。空っぽの棚に、どういうわけか、マスタードの小瓶だけがずらりと並んでいる。あのくすんだ黄色を思い出す。サラダオイルと洗剤を手に入れるのが難しくなっていた。入荷の知らせが入ると、長蛇の列ができる。レジの前に、油の瓶や洗剤の袋をさげて並び、熱い議論が始まるのだった。社会主義がいいか、それとも資本主義か。王政復古か、共和制か。ティトーはどこを誤ったか。セルビアの外交の過ちはどこか。アメリカの帝国主義はいかに誤っているか、腐敗した政治家たちはいつまで我々から盗み続けるか……。私が外務大臣だったらとか、俺が大統領だったらとか、野菜や魚の冷凍食品を前に、勢いのいい仮定法が飛び交う。熱弁をふるうのは、外務大臣や大統領に選ばれることなどあり得ない人ばかりだ。これを反実仮想と言うのだ。

とりわけ牛乳を手に入れるのが大変だった。生産者がこのインフレで出荷をひかえたのだ。まだ暗い六時ころから、店の前に並び、一人二リットルに限られたミルクを買う。ここでも、議論が繰り返された。他愛のない世間話のこともある。犬のしつけについて、肉なしで作る肉入りパイ、観葉植物の増やし方、自家製ヨーグルトの作り方、酢と硼酸で作る万能洗剤など。若者たちの姿は人の列にはなく、平均年齢は、五十を越えていた。

多くの会社や工場は経営困難に陥った。夫婦で職を失い、一度に白髪になったお隣さんもいる。リストラにあった近所の人も少なくない。トラクター工場で働いていたミレさんは、仕事がなくなり、近所に頼まれると水道の蛇口などを直して、修理屋として生計を立てることにした。

闇市、バレリーナ

けれども闇市は輝いていた。洗剤、電池、コップ、チョコレート、ウイスキー、洋モク、何でもあった。ハンガリーなどに個人が買い出しに行き、手荷物として石鹼やハムを持ち込み、それが市場で売られていた。密輸もあったはずだ。お金さえあれば、よかった。

だが、お金がない人たちが、どんどん増えていった。病院勤務の医者、教員、大企業に勤めていたエンジニア、国立劇場のバレリーナや俳優たち、知識層は貧困層となった。とりわけ小・中・高等学校の教員の給与は低く、ストライキが相次ぎ、授業をサボるこどもも増えた。年金生活の老人はパンも満足に買えないありさまだった。制裁によって、経済は地下深く潜り込んでしまった。

新ユーゴは、当時、公式の記録だけでも四十九万人の難民を受け入れていたが、その九六パーセントは親戚や友人、一般市民の家庭に下宿していた。それが、受け入れ先の家族自体が経済的に困窮してしまった。国そのものが、難民になってしまった。

こども、病院、薬

消毒の匂いが鼻につく。病院の廊下は、薄暗かった。ベオグラードのがん研究所では、シーメンス社製の放射線治療機械が故障したままだ。制裁を理由に、ドイツ政府が技師の派遣を許可しなかったからだ。小児科のバリャクタレビッチ先生が言った。

「このこどもたちは残念ながら死亡率一〇〇パーセントです。がんの進行段階に応じた治療が不可能となったからです。明日、制裁が解かれても、死ぬ運命なのです」

ある病室には、女の子と男の子が入院していた。二人はクロアチア人。クロアチア内戦で戦場となったクライナ地方の出で、少年はクロアチア人、少女はセルビア人。クライナ地方の重症患者は、民族を問わずベオグラードで治療を受けるほかない。少女は外国で働いている親戚に薬を送ってもらった。少年の家族は家と家畜を売って薬代を捻出した。隣室の少年は、伯父たちが車を売ってお金を作り、外国で抗がん剤から麻酔薬や糸まで買い揃え、手術を受けたという。

この国の医療水準はヨーロッパでも低くないし、旧社会主義国の常として医療保険制度も充実していたから、これまではがんの治療も無料だった。制裁で在外資産を凍結された国には高価な抗がん剤を手当する力はない。今は金のある者は命が助かり、金がない者は死んで行く。自宅で死を待つ子もいる。

病院には、人道援助で届いた薬品を整理する臨時薬局が設けられていた。抗生物質などは、もっぱら援助が頼りだった。ドイツから届いた検査用の管は、消毒有効期限が一九六九年で、使用できない。ほかにも期限切れの薬品が山ほどある。期限切れの薬を処分するために、援助物資に混ぜるという話も聞いた。どの国も嵩の大きいものを援助物資にするから、少量で高価な抗がん剤はそこにはなかった。

「内戦の影響もあるが、国連制裁は大きな打撃です。経済システムが破壊されたからです。私は社会党のミロシェビッチ大統領を支持してはいない。けれども、もし国連制裁が、国の経済を破壊し、国民を飢餓状態に追い込み、怒った国民が政治指導者を引きずりおろすのを待つというシナリオを想定しているとしたら、大変な間違いだ。

イラクのフセインの場合でもそうだが、これまで成功した例がないし、払われる代価があまりにも大きい。いちばん弱い病人やこどもたちの命が真っ先に犠牲になるんですよ」と、理事のミリサブリェビッチ先生が言った。

キャベツ、先住民

年の暮れ、セルビア正教の降誕祭が近づいていた。低所得者を対象とした集団給食の施設は、各区の赤十字の建物のなかにあった。この日の昼食は、アルマイトの皿にキャベツのスープだけだ。お年よりが多い。だが、若者も何人かいる。それから、三十くらいの父親と小さな女の子も、食堂で向かい合って食事をとっていた。離婚して、こどもを引きとったのだ、と言っていた。

ここで食べてもいいし、アルマイトの蓋《ふた》つきの器に入れて、持ち帰ってもいい。おじいさんが、器をさげて帰ろうとしている。病気の奥さんが家で待っている。「私は仕立て屋だ。生涯、まっとうに仕事をしてきた。私は先が長くない。だけど、これからもずっとここで生きていかねばならない若者のことを考えてみたまえ。就職もできないんだ。私たちは乞食じゃない。この国は農業も工業も資源もある、豊かな国だ。援助物資を送るよりも、制裁を解いて、人間らしく働かせてほしい」と、言った。

通りかかった男の人たちが、集まってきた。「制裁だって？　いったい欧米のどこにそんな権利があるんだ？　ヒロシマとナガサキをごらん、ベトナムをごらん、アメリカに私たちを非難する資格なんてないよ」

「植民地を作り、インディアンを殺し、黒人を売買したのは誰だい。あれこそ大量虐殺で民族浄化だ。この戦争はボスニアの三つの民族、セルビア人とクロアチア人とムスリム人が戦っている内戦だ。どの民族もボスニアに先祖代々住んでいるんだ」

その手を血に汚したことのない大国がどこにあるのか。小さなこどもも知っている。

パイプの森に陽は落ちて

パンチェボ市のペトロヘミア社は八つの工場から成る石油化学コンビナートだった。一九八〇年に設立、世界各国と取引があった。制裁と同時に操業停止に追い込まれ、二人の当直が機械の保全のために見回るだけで、まったく人影がない。巨大なパイプの下で、当直の従業員の姿が小さく見える。人間とは、こんなにも小さかったのだ。

社長のカジッチ女史は語った。「弊社の従業員は二千九百人だが、弊社の運命には関連企業の従業員二十万人の生活がかかっています。まだ公言する人のなかった一九九〇年にユーゴスラビアの解体を予測していました。私は、八〇年代の後半には共和国間の経済協力が次第に破壊され、旧ユーゴの経済はすでに解体しはじめていたのです。制裁はいわばその結末です。

旧ユーゴでは、社会主義国のなかでは自由化がかなりの成果をあげていました。政治と経済の関係が密接だというのは幻想です。経済は思うほど政治には依存していなかった。独自の論理があるからです。ユーゴがよかった時期は七六年から八五年まで、外から見れば政治的自由には制限のあった時期ですが、同時に生活水準は高かった。庶民は経済的自由があれば社会を自由と感じ、逆に政治的な自由があっても経済状態が悪いと不自由だと感じるものです。経済面では、どの民族にとってもユーゴという大きな市場があったほうがよかったと思いますよ。七十年以上もの民族共存の歴史があったんですからね」

日本の某テレビ局の撮影の通訳として、私はそこに居た。通訳を終えたら、回転椅子がひっくりかえり、尻もちをついた。泣きたいほど痛い。カジッチ社長は、大丈夫ですか、と心配してくださる。そして彼女は言った。自分が車で構内を案内する、撮影禁止の箇所があるので一緒に行く、ただし外からの工場の撮影は絶対避けてほしい、と。広い工場の構内を、車でゆっくり走りながら、カメラマンはカメラを回した。

挨拶をして外に出た。ここから夕焼けを撮ると、ディレクターが言う。それは、撮影禁止区域だった。止めるようにと伝える。が、彼らの責任でカメラを回すと言う。赤々と冷たく燃えながら、冬の陽が沈んでいく。運転手Dと私は、深いため息をつき、クルーから離れて草原に立っていた。コンビナートの煙突やパイプが、青黒いシルエットになって浮かび上がっていた。車に乗る。すると、後ろからもう一台車がついて来た。クラクションが激しく鳴った。工場をパトロールしていた若者たちに見つかったのだ。すぐに警察に連行された。

フィルムを没収するという。制裁中の真実を日本に伝えようという人々なのだから、許してほしいと何度も説明し、フィルムは返してもらった。つぎに取り調べを続けた警察官は、私を見ると、あなたは詩人ではありませんか、先月、あなたの詩を新聞で読みましたよ、と言った。ほっとする。だが、運転手Dと私だけが、警察に身分証明書の番号を控えられ、国民の友人たる日本のクルーは、無罪放免となった。

揺らめく炎

夜は、セルビア正教会のクリスマス・イブの撮影だった。正教会のしきたりで、庭に焚き火が燃えていた。疲れきった心で、炎を見ていた。お腹がとても空いていた。なぜ、あんなに夕日を撮ろうとしたのか。橋や工場などの素材を高く買い取る会社があるんだよ、と知人が言った。軍事目標となる場所を分析するのだという。まさか。カジッチ社長は、過労が重なったのか、それから数年で亡くなった。まだ若かったのに。パンチェボのこのコンビナートは、一九九九年のNATO空爆で標的となり、黒々とした煙を上げて燃え上がり、ベオグラードが有毒ガスにつつまれ、私たちの肺は呼吸をすると、しくしくと痛むことになる。そんなことは、想像もつかなかった。

わたしの国の物語

奪われゆくもの

戦争は、私たちから数え切れないものを奪う。町、村、家、友人、仕事……。風景、空気、光、水……奪えるかぎりを奪う。名前さえも、奪う。ある幼稚園で、「あなたの名前は?」と先生に尋ねられた男の子は、「ぼく難民」と答えた。「名前」に象徴される自分自身というアイデンティティーさえも、戦争は奪ったのだ。難民キャンプを訪ねると、多くの人が、「私は難民です」と自己紹介する。医者です、看護婦です、美容師です、教師です……その声が消えてしまう。仕事のアイデンティティーも奪われるのだ。男女が同じ部屋で生活しなければならないような施設では、「男・女」のアイデンティティーも消される。

一九九五年八月五日、クロアチア軍によって制圧されたあのバチュガ村を、リューバさんもあとにした。こどもたちから愛される教師だった。難民となって新ユーゴスラビアで生きることになった。見つかった仕事は、電話局の番号案内だった。教師の仕事を続けるのは諦めなければならなかった。「娘の学校に行くでしょう。始業ベルの音を聞くと、胸が一杯になるの。私には教室がないのだ、私の生徒たちは、どうしているかしら、と思うから」

生きがいだった仕事、安心できる空間、懐かしい人たち、愛する者たち……戦争は、人から、奪えるかぎりのものを奪う。一番つらいときにも、人間らしく生きるために、何をすればいいか。失ったものを、ただ忘れるのではなくて、そこから何か、さらに豊かなものを見いだすために、何ができるか。この問いの答えを探すこと……。戦争は、私たちに新たな課題を与えた。

白い不条理劇

「これが工房です」と、案内された。ひとつひとつ、形が違う。大きさも違う。それが、同じ棚に並べられている。窓からさしこむ光のなかに、数え切れないほどの右足、左足、右手、左手があった。こどもの手や足もある。すべてが手作りである。前衛芸術のアトリエではない。義足、義手を作る工房だ。並べられているのは、義足、義手の型だ。まず、失われた手や足の寸法が採られ、いくつもの工程を経て完成しても、それで終わりではない。気の遠くなるような、歩行訓練が待っている。

ここで作られた義手や義足の数と同じ数の手足が、人々の胴体から奪われていったのだ。それは世界でいちばん残酷な不条理劇ではないか。地雷とは、かなり原始的な武器である。小さな国にさえ、簡単に作ることができる。ただこれだけの武器で、人はこんなに不幸になれる。それでは核兵器をはじめ、最新の化学兵器の研究は、いったい何を目的にしているというのか。これ以上の無意味がどこにあるだろう。どんな展覧会も、この工房ほど私を震えさせはしないだろう。

工房は、ベオグラードにある身体障害者のためのリハビリテーション・センター「ルド」にある。暗く長い廊下を、小さな少年が、看護婦さんに手を引かれて、歩いていく。五つくらいだろうか。笑顔が輝いている。この子は、両足を失った。新しい義足で、上手に歩いているけど。戦場となった村で、地雷を踏んだ。訓練室から出てきたもう一人の少年は、十歳ほどであろうか。何かを恐れているような小さな声で、地雷を手に取ったら爆発した、それで右手がないのだと、案内の女医さんに言った。「なぜ、そんなのに触ったりしたの」と言う女医さんの優しい声に、少年は答えなかった。長袖のシャツの下から覗いているのは、少年の新しい手、義手だった。

工房で働く人たちの白衣、石膏の色が、私の瞼に白い残像を残していた。

女優のポスター、叫び

戦争が始まるまで、このリハビリ・センターで治療を受け社会復帰を目指していたのは、交通事故や工場や炭鉱などの労災で負傷した人たちだった。それが内戦で、患者のほとんどが戦場の負傷者となった。突然に増えた患者のために、ゆったりと作られていたはずの病室には、簡易ベッドが運び込まれ、訓練室の一部にもベッドが並べられていた。廊下では、車椅子に乗った人たちが、時を過ごしている。空気が、重たく沈んでいた。

病室を訪ねる。最初の病室には、母親と少年がいた。サラエボの出身である。少年は十二歳、生まれつき足が悪くて義足をつけている。こどもの場合、大人と違って、毎年、成長していく。それに合わせて義足を作り直さなければならない。ところが、内戦が勃発し、少年は新しい義足が必要となっていたのに、長いこと治療が受けられなかった。「ずいぶん、待ちました」とお母さんは言った。「義足がなくて、すっかり塞ぎ込んでいました」

つぎの部屋は大部屋で、何人もの男性が一緒に生活していた。壁に、女優のポスターが貼られている。ラジオで演歌を聞いている人もいる。なにか静かな、圧し殺されたような怒りが、この部屋にはあった。ある青年は、サラエボから来て、ここで治療を受けている。学生だった。自分が、この戦争を望んだのではない。動員されて、戦場に行き、地雷を踏んだのだ、という。両足はない。「戦争前までは、誰もが民族に関係なく、付き合っていた。ところが気がついてみたら、政治によって、僕たちは三つに引き裂かれていた。何か見えない力に引き裂かれたのです」美しい顔立ちの青年は、穏やかな声で、淡々と話してくれた。

看護婦さんが、「あちらの男性は、ゼニツァから来たのですけど、半年以上も、ムスリム人側の強制収容所に入れられていて、たいへんな拷問にあったのです。この間も、ジャーナリストがインタビューに来ました」と教えてくれた。ゼニツァの強制収容所は地獄だった、という話は何度も聞いている。その部屋の隅の車椅子の男性も、そこに入れられていたのだ。五十代だろうか。両足がすっかり切断されていた。目が合う。あんなに悲しく深い色をした目を、私は見たことがなかった。憎悪とか恐怖とかを、はるかに越えてしまった瞳だった。これ以上、彼のなかに踏み込んではいけない、と私は思った。

つぎの部屋では、老人が管に繋がれている。「このおじいさんはね、もう食事が摂れないのです。両眼とも失明しかかっていて、光が見えない」と、案内の看護婦さんが言った。両足の義足が、きちんとベッドの横に並べられていた。すっかり、やせ細っている。骨ばかりの身体が、布団にくるまれている。私がここにやって来たことすら、感じない。「ボスニアの村から逃れるその日、目の前で小さな孫が、敵の兵士に虐殺された。それ以来、ショックで、食べ物をまったく受け付けなくなって、極度の栄養失調になってしまった。糖尿病が悪化して、両足を切断しなければならなかった……。おじいさん、生きていたいという気持ちをすっかり失ってしまったんです」

そのときだ。女性の鋭い声が病棟に響きわたった。「誰か、すぐに来て。早くして。人が死んでいく」女医さんも看護婦さんも、「失礼します」と言うと、慌ただしく部屋をあとにした。今、人が死んでいくのだ。廊下に、残された人たちなのだろう、激しい泣き声があがった。

あたたかい言葉

精神科医のヨバノビッチ先生が現れる。「難民を助ける会」は、「ルド」で、難民を対象に義足義手の援助を開始した。その援助の一環として、戦場で失った手や足ばかりでなく、心に刻まれた傷も癒そうと設けられた相談室を先生が担当していた。

「ごらんのとおり、この施設は、第二次大戦以来、初めて、戦争による負傷者を受け入れることになりました。生と死の境を見た人ばかりです。とくに夜は荒れる。アルコールに依存する者も出てくる。部屋のなかで、喧嘩も絶えない。こんな環境にあって、このプロジェクトが重要なのは、言うまでもない。まずこの施設に勤務する医療関係のスタッフと連絡を密にします。患者と直接、接触するスタッフは、彼らの心理状態、精神状態に異常を感じたり、助けが必要だと感じると、このカードに記入します。私たち精神科のスタッフは、それを見て、患者と会って話をし、どうすればいいか考えるのです。相談室がありますから、患者も気軽に立ち寄ることができる。

それから大切なのは、患者と繋がりのある人たち、とくに家族や同室の人たちとの話し合いです。家族は、肉親が手足を失ったという事実を目の前に、まずそれをどう受け入れるかという、大きな試練にあう。家族の人たちが事実を受けとめて、患者の心を支える力を得るためには、助けが必要です。私たちとの話し合いは、だから大切なのです。

こんなことがありました。ある青年が、歩行訓練のときに、松葉杖で仲間を殴った。担当の医師は、この青年は、攻撃的な傾向のある精神疾患を持っているのではないか、と思い、カードに記入した。僕は、この青年とゆっくり話をしました。青年は、生まれつき精神遅滞でした。大変な田舎の出身で、母ひとり子ひとりの家庭です。彼は、自分がいない間、母はどうやって、森から木を切り出すのか、自分なしで冬の薪はどうするのかと、とても心配だと言いました。彼が突然に暴力をふるったりしたのは、実は、母に会えないという悲しみから来るのだと、僕は判断しました。彼の病室の仲間とも、いろいろ話し合った。そして、担当医に言いました。『精神安定剤の必要はありませんよ。それより、彼をしばらく、故郷に帰してあげてください。そうすれば、気持ちが落ち着いて、また元気に訓練をはじめられるでしょう』と。もし、この相談室がなかったら、どうでしょう。彼は、鎮静剤を処方され、精神病のレッテルを貼られていますよ。足の治療も進まないでしょう」

ヨバノビッチ先生は、言った。「外科医にはメスがある。私たち、精神科の医者には、『言葉』がある。あたたかい言葉は、傷を癒すのです」と。

無いはずの指が痛み

ベオグラードの国際政治経済研究所のスタッフH氏はムスリム人だ。故郷は、ボスニアの古都フォーチャである。内戦で、彼は多くの親族を失った。同じ研究所のセルビア人の同僚も、ボスニア・ヘルツェゴビナの出身だが、やはり内戦で多くの親族を失っている。ふたりは、この戦争について、終わりのない議論を繰り返したと聞く。

ある日のことだ。腕に異常を感じたH氏は、病院を訪れる。腫瘍《しゅよう》だ、すぐに手術をと言われた。正確な診断に必要なCTスキャンは壊れていて作動していない。シーメンス社の技師の派遣を、ドイツ政府が制裁を理由に許可しなかったからだ。「手術」が、どれほど適切な判断だったのかは、誰にもわからない。だが、不幸はそれだけではない。衛生管理がひどく悪化していた病院で、手術後の傷が化膿《かのう》した。運悪く、悪い血を吸い出す器具が不足していた。国連を通じて援助物資として届けられた器具があったが、看護婦はそのタイプの扱いがわからない。その間に、傷はさらに悪化する。もう一度、手術することになり、彼の腕は、付け根から切断されてしまった。

手術のあと、猛烈な痛みで、もう無いはずの指が夜通し痛むんだ、と言った。眠れない夜を明け方まで、廊下を歩く以外に術はなかったという。なんということだろう。H氏とその同僚が交わしたすべての議論は、空しく思われる。

大きな鳥籠、祈る男

院長の案内で病棟に入る。それは巨大な鳥籠《とりかご》を思わせた。目の細かい網は薄緑に塗られ、患者たちが指を網目にからめて、こちらをじっと見ていた。階段を上る。広い病室には、多くのベッドが並び、洗いざらした木綿の寝間着《ねまき》を着た人たちが住んでいた。シーツは、どれも傷みがはげしく薄汚れていた。

一人の女性は、寝台に横になり、両足を上下に動かしながら、ボンジュール、ボンジュールと機械のように繰り返し叫んでいた。一人の男はひざまずき、祈るように両手を組み合わせて、「どうか、お許しください」と泣きながら、私たちのあとをついて来た。

制裁期間中、医療関係では、がんなどのほか、精神障害関係の非常に高価な薬が不足していた。新ユーゴスラビアの南部、ニーシュ市国立病院の精神科は、とくに厳しい状況だった。「難民を助ける会」によって届けられた薬が多くの患者の命を救った。

この病棟は、犯罪を犯した人たちの病棟だ、と院長は言った。それも殺人がほとんどだった。ここに収容されている患者の数だけ、人が殺されたことになる。精神安定剤が無いために、三十年前の原始的な方法で、患者をベッドにくくりつけたりしなければならない状況が、続いていたのだった。

妻

精神疾患やがんだけではなかった。インシュリンや腎臓透析の透析液も、手に入れるのが難しくなっていた。シャバッツ市の国立図書館館長のペトラシン氏も、こうして腎臓病の妻を亡くした。消えるはずのない命が、消されていった。制裁によって奪われたのは、単に、薬や食糧や電気だけではなかった。命が消されたのだった。この悲しみが、国際平和に結び付くとは、誰に信じられよう。

公園、黒い人

「わたしの国の物語はとても悲しい。悲しいのは、そこで戦争が吹き荒れているからです。通りを行く人はいないし、これまで静かに散歩をしていた人の姿も消えました。どこへでも好きなところへ行けた人の姿もない。自動車の音にかわって、撃ちあう音や飛行機の音がする。何もかもが、こわされてしまった。ここで暮らそうと残った人々も、『こんどは、自分の番だ……』と予感するのです。

公園には、砂袋が積まれました。窓から、狙撃兵の銃身が向けられている。鳥たちはもう、わたしたちの窓に降りてはきませんし、歌もありません。何もかもが黒につつまれました。女の人からこどもたちまで。誰かが欠けていない家族はありません。そして花も枯れてしまいました、鳥たちのためでも寂しさのためでもない、光がないためです。わたしの国は黒につつまれてしまいました。気がおかしくなった人たちが来たのです、国をこわし、ぼろぼろにするために。そこから、こどもたちを追い出すために来たのです。だけど、それはうまくいかないでしょう。わたしたち、こどもは、もう一度、わたしたちの国をたてるのですから。その国は、もっと美しくて、もっと強い国となるでしょう。

戦争も不正義もない国を、わたしたちは、きっと、たてるでしょう」


作文を書いたのは、スラジャナちゃんという少女である。一九九四年十二月、雪にうもれたズラティボルの難民収容所を訪ね、こどもたちと分かち合ったワークショップのあと、彼女が書いてくれた。当時、十一歳だった。彼女の故郷の町は、ボスニア・ヘルツェゴビナのゴラジデである。この内戦で、町はムスリム人の支配地域となり、セルビア人であった彼女の家族は町を追われ、新ユーゴスラビアに逃れ、難民収容所で生活していた。ノートから注意深く切り取った紙に、青いボールペンで、優しい文字で綴《つづ》られていた。彼女が作文を読み終えると、集まった仲間から拍手がわいた。

それから夕食だった。節電を理由に、部屋には電気がなかった。蠟燭の明かりの下で、パンとお茶だけの、貧しい食事が終わる。こどもたちの部屋に遊びにいった私は驚いた。スラジャナちゃんが泣いている。「どうして泣いてるの」と尋ねると、「おじちゃんが私の作文は嘘だって言ったの、黒い人じゃあなくて、わたしたちの国をこわしたのは、ムジャヘディン（イスラム戦士）だって言うの」と言った。

「おじちゃん」とは、私たちのドライバーのM氏のことだった。M氏は、クロアチアの海岸の町、ザダルに生まれ育ち、ユーゴスラビアで最大の旅行会社のザダル支店長として家族と充実した毎日を過ごしていた。ところが、一九九〇年、クロアチアで、ユーゴスラビアから分離独立を主張する民族主義政党が政権を取ると、町の様子は大きく変わる。セルビア人が重要なポストにあるのは許せない、という空気が生まれ、M氏の家にも、嫌がらせの電話が毎晩かかってくるようになった。これまで、民族の違いなど、まったく意識せずに仲良くやってきたのだから、と考えていたのだったが、気がつくと、多くのセルビア人たちが圧力に耐えかねて町をあとにしていた。これまでの生活を捨てて、故郷を捨てる決心をしたのは、あの晩、クロアチア人の友人が電話をくれたからだ。「ここにいると命が危ない。いいかい、悪いことは言わない。友だちとして、君に忠告する。君を殺そうとしている者がいるんだ。町を出たまえ」高校生の息子と妻の安全も考えなければならなかった。こうして彼は、ザダルの町を去った。難民となった多くの人々が、まともな仕事に就けず、肉体労働や日雇いの仕事で生計を立てていかねばならないのに比べ、M氏は旅行会社の本店で、条件は悪いが、再就職できた。苦労して建てたザダルの大きな家を売ったお金で、ベオグラードに小さいが自分の住宅も確保した。しかし、この戦争で、一家の生活は大きく変わった。裏切られたという気持ちが、彼の心を塞ぐのだった。

M氏は、言った。「僕は、ユーゴスラビアを愛して育った。セルビア人であることより、ユーゴスラビアの国民としてのアイデンティティーを大切にしてきた。ところが、この戦争だ。こどもは、誰に故郷を追い出されたのか、知らなくてはいけないんだ」と。つらい体験のあとである。彼が絶望感から憤るのは、当然かもしれなかった。

「でも、スラジャナちゃんの作文は、偽物ではない。これは、彼女の真実だと思うわよ」と、私は言った。

次の朝起きると、運動場に積もった雪のなかで、こどもたちが遊んでいる。スラジャナちゃんの姿もそこにあった。「スラジャナ、Mさんよ。仲直りしようって」と私は叫んだ。M氏とスラジャナちゃんが、握手する。そして、私たち大人も一緒に、雪合戦を始めた。

スラジャナの作文には、戦争の始まった状況が、精密に綴られている。しかし、そこには絶望や憎悪は微塵《みじん》もない。この戦争にかかわった国のなかの、国の外の、すべての負の力を、彼女は「黒い人」という言葉に象徴した。大人たちが「負の力」に与えた名を、あえて使わなかった。新しい国を作ろうという、草の根のように強い思いは、頭だけでは書けない文章だ。スラジャナは、どうしているだろう。あれから、難民収容所は閉鎖され、それぞれ苦労したけど、みんな元気でいると聞く。

あの丘の向こうに

心理学者ベスナの言葉を思い出す。戦争とは、社会のなかの人間の相互作用が崩されることだ。普通ならば、こどもは、大人の行動を手本にして、成長する。しかし、ひとたび戦争となると、大人はもはや、こどもに手本を示せなくなる。悲しみ、怒り、不安、罪悪感、恐怖など、多くの感情が整理されないまま、心を占めてしまうので、こどもたちに正常な行動のモデルが示せなくなるからだ。

ベスナは、ロシアの心理学者ビゴツキーの理論をもとに、仮説を立てていた。異常な社会状況によって、破壊されてしまった親と子の相互作用を回復する能力は、親のほうにあるのではなく、子のほうにあるという仮説を。行動のモデルが示せなくなった親のかわりに、誰かが、こどもに、遊びの空間を取りもどし空想力を取り返してあげればいい。そっと肩に手を置いて、励ましてあげればいい。そうすれば、こどもは、自分自身のうちに眠るしなやかな力を発揮できる。

「あの丘まで歩いていくとね、そこからわたしたちの町が見えるのよ。そこは、わたしたちの故郷なの」と、こどもたちは、窓の向こうを指さした。夕映えに浮かぶ稜線を、私はいつまでも忘れないだろう。

Ⅳ　ひなぎくの花

向日葵の女の子

一九九五年の春、思いがけない手紙が届いた。サラエボ留学時代の友人エムスラからだ。七九年から八〇年を過ごしたサラエボ大学の仲間……。十五年ぶりの便りだった。丁寧な筆跡に見おぼえがある。サラエボの詩人スラドエ氏と結婚し六歳の娘がいること、三年前に新ユーゴスラビアのブルバス市にやって来たことなど近況が綴られている。彼女たちもこの内戦で難民になったのだと悟るのに、かなり時間がかかった。手紙は、静かだが強い命の力に満ちていたから……。

私の住むベオグラードからパンノニア平原をバスで三時間ほど走ると、ブルバス市だ。スラドエ氏が関わるユーゴスラビア詩の祭典に招かれた。五月だった。季節外れの冷たい雨のなかに、エムスラが立っていた。しっかりと抱き合う。生きていた、よかった。

エムスラたちは、市役所が提供した集合住宅のフラットに住んでいた。最上階の屋根裏部屋で、夏は日差しが強すぎるし、窓から雨漏りがするのよ、と彼女は笑った。大きな窓には、透明のビニールシートが貼ってあった。その晩、私たちは語り続けた……失われた時を取りもどそうと。「テーブルや椅子は、土地の詩人仲間からもらったの。まだ掃除機もなくてね……」彼女は明るい声でそう言ったが、書棚には家族の守護神のイコンが飾られ、文学書が並び、住まう者たちの人柄を偲《しの》ばせる。

一九八〇年のサラエボ、そこでは誰が何民族かなど、あまり気にもとめなかった。エムスラはムスリム人、スラドエ氏はボスニアのセルビア人、同世代の多くの恋人たちと同じようにふたりが結ばれたのも自然なことだった。詩人の集まりで知り合い、彼は彼女が持っていた本を借りる。それが、恋の始まりだった。

あのときの仲間は多民族国家ユーゴの縮図だったが、誕生日、出版記念会、文学賞授賞式と、同じテーブルを囲み、映画や本について語り合い、長い夜を歌い明かしたものだ。

エムスラは、「生まれた町で異邦人となり、扉を閉ざし、部屋にあるだけの食べ物で命を繋ぐ日々が続き、やがて部屋の空気を奪われて死んでいく」という詩を、八〇年代の後半に発表していた。誰もまだ内戦を予感しなかった時期に、である。スラドエ氏は静かに言った。「詩人は、いつもそうだ。どこかで時代を予感しているんだ」と。九二年春には彼女は詩と同じ状況に置かれ、夫と幼い娘と三人で住み慣れた町をあとにしたことになる。

詩人は、無意識に戦争を予言したのだろうか。

エムスラは大手新聞社の整理部に勤務していた。「この戦争の始まるまえ、ボスニア政府の方針によって記事が曲げられていくのを見て、私は抗議した。このままでは大変なことになる、血が流れると。でも、おまえはセルビア人の妻だから、敵に味方をするのだと言われたわ」戦争は武器ではない、言葉で準備されていった。右と左、侵略者と犠牲者、加害者と被害者、そして敵と味方……。区別はやがて差別となっていった。差別は、さらに生と死を分けていく。人の命を奪うのは、銃でもナイフでもない。言葉だった。

一九九二年の春、彼女の不安は現実となる。サラエボは戦火のなかにあった。ボスニアのセルビア人地域の政府から夫妻に文化関係の仕事の話があったが、「私が抗議したのは、人として守るべきものがあるからです。私たちはどちらの側についてもいけない」と、きっぱりと断った。こうしてエムスラ一家は難民となった。

サラエボの町の戦闘が激しくなって、家族はスラドエ氏の両親の住むセルビア人の村に疎開する。村は人里離れた山のなかにあった。「とても不便なところよ、近くに店もないし。井戸水を汲んだわ。ある晩のこと、村にムスリム兵の部隊が入ってきた。それも土地の者ではなく、わからない外国語を話すムジャヘディンと呼ばれるイスラムの義勇兵だ。逃げなければ、村人は皆殺しにあう。私はすぐに娘のティヤナを毛布にくるみ抱きしめた。すぐに家族といっしょに裏の森に逃げた。どんなに恐ろしかったか、わかる？　殺されるかもしれないの。ぶるぶる震えたわ。一晩中、震えがとまらなかった。兵士たちが、完全にいなくなったとわかるまで、村にはもどれなかった。森のなかで夜を明かしたわ。あの晩は、春といっても、ひどく寒く、冬のようだったわ。まだ小さかったティヤナを私はしっかり抱いていた」と彼女は言った。「あの夜の恐怖感は、娘の心に傷になって今も残っていると思うわ」

留学生だった私に、心のこもった昼食を御馳走してくださったエムスラのお母さんは、サラエボに残った。両親と弟があの丘の家に残っている。急な坂道を上ったところに、家はあり、窓からはたくさんの家が見下ろせた。冬ははじまり、景色は灰色をおびた茶色だった……。「電話が不通で連絡が取れない。それで、心配だわ」と、エムスラは言った。

十人ほどいた私たちの仲間のうちサラエボに残ったのは二人。ムスリム人の詩人F

はボスニアのペン・クラブの要職につき、作家Mはボスニアのセルビア人勢力の政府の要人となった。ほかの仲間はつぎつぎとサラエボを去った、民族にかかわらず……。バイオリンが上手だったSはアメリカへ、建築家のJはカナダへ、看護婦のKはオランダへ逃れ、画家のM夫妻も難民となってセルビアへ逃れている。「私たちの愛したサラエボは消えた。町は記念碑や建物でできているのではない、そこに生きる人で作られているものよ。私たちの去ったあとサラエボには他所の町からの難民が流れ込み、そこに残った人の心もすっかり変わった。あのサラエボはもう無いの」と、言う。ふたたび会えた記念にと、別れ際に、黒いボールペンを贈ってくれた。それから、彼女の詩集を二冊もらう。「これが、最後なのよ。逃げるときにもって来たの」と言って、あの丁寧な文字で署名してくれた。

スラドエ氏は、ブルバス市文化会館の仕事を得た。エムスラは、小学校でセルビア語の先生をしている。二人とも新しい住処で、詩を産みつづけている。

次の日は、よく晴れていた。私たちは、ティトー通りと名付けられた本通りを歩いていた。「山がちのボスニアで育ったでしょう。ここは、どこまで行っても平野で、山が恋しくてたまらなくなるときがあるわね。平原をわたって吹きすさぶ冬の風はたまらないわよ」と、エムスラは言った。「ブルバスの町は、数多くの少数民族が住んでいるから、まだティトー通りの名前を変えないでいるんです。多くの人の反対にあうから」と、ラジオ局の人が言っていた。

十五年ぶりの再会のきっかけとなったエムスラの手紙を、記しておく。力について書かれた部分だ。

「私たちの家族を支える力は、ある悟りから来る力なのです。私たちを離れ（あるいは私たちの周辺に）存在する何かがあって、それが私たちの人生をすっかり変えてしまったのは確かだけれど、実はそれは取るに足らないもので、大切なのは私たちの内に存在するもの、いつも自分たちの手の内にあって誰も奪い取ることのできないものなのだ、ということ。その悟りから来る力なのです」

ティヤナは、栗色の髪を三つ編みにして、すてきな女の子だった。同じ年の女の子よりも背が高いし、大人に見えた。おとなしいが、はきはきしている。折り鶴を折って、カタカナで、羽のところにティヤナと書いて、小さな手に乗せる。ありがとうと、にっこり微笑み、とても喜んだ。笑い顔が、向日葵のように輝いていた。

麦畑の娘たち

空は鉛のように重たかった。昨日の雪に、土はどろどろとぬかるんでいた。私たちは、ライコバッツ共同墓地に集まっている。こんもりと黒土が盛られ、新しい木の墓標が立てられて、名前が記されている。リュビツァ・ポシティッチ（一九二〇～一九九六）……。それぞれが携えてきた花束を捧げる。若い僧の読経は、急ぎがちで、どこかしら味気無く、あっけなく終わった。私は、日本の友だちからもらった忘れな草の種を蒔《ま》いた。

お別れの言葉を読んだのは、同じ難民センターの住人のスタナさんだった。震える手のなかで、枯れ葉のように、紙がかさかさ鳴った。

「リュビツァさんは、いつも朗らかでした。ときどき、腹をたてることもあるけど、そのあと小さな女の子のように、後悔している。

リュビツァおばあさんは、ボゴバジャ難民センターに住んでいました。この内戦が始まるまでは、今はクロアチアとなってしまったオシエクの町に暮らしていました。第二次大戦のときは、クロアチア独立国の特別部隊ウスタシャに追われ、舟で川をわたり、セルビアに疎開している。こうして故郷を失うのは、二度目です。あのときと、何もかも同じだった」。スタナさんは、言葉を続けた。「多くの勇気ある少女たちと一緒に、リュビツァは祖国の解放戦線に参加しました。そして、第二次世界大戦が終わり、自由になった祖国で、多くの誠実な女性たちと一緒に、スラボニア平原に広がる麦畑で、鎌をとり金色に輝く重たい麦の穂を刈り取っていきました……」

＊

抜けるような秋空の下で、鎌をもつ手を休め、まだ若いリュビツァが、私たちのほうを見つめ、笑顔で手を振るのが見える……。

＊

結婚したが、こどもはなく、たしかご主人の弟の息子を引きとって、わが子のように育てたと聞く。その息子は大人になると、外国に出稼ぎに行った。向こうで結婚して、妻も子もある。「スウェーデンだったか、スイスだったか、よくわからないんだけどねえ」と、リュビツァさんは、よく仲間にそう言っていた。息子からは、ほとんど連絡がなかったらしい。

内戦が始まると、息子は手をつくして、彼女を探した。そして赤十字と連絡が取れ、彼女が難民センターにいることを知る。やっとのことで電話が繋がる。リュビツァさんは事務所に呼ばれ、受話器を耳にあてる。まわりがうるさくて、よく声が聞き取れない。「うるさい、黙れ！」彼女は、思い切り、叫んだ。「たぶん、そのせいだよ。息子は、きっと自分が叱られたと思ってしまったんだよ。長いこと連絡しなかったのを、私が怒ったとでも思ったんだろうねえ……」と、仲間に言ったと聞く。これを限りに、ぷっつりと連絡は途絶えた。彼女は、ほんとうに独りぼっちになった。私たちが仲間と訪ねると、いつも髪をスカーフで束ねて、エプロン姿でやって来た。握手したときの、しわしわとした手のぬくもりが、今も私の手のひらに残っている。

ボゴバジャという地名は、神の水という意味をもち、目の難病を癒す力がこの地の水にあると信じられてきた。深い森のなかに泉があり、こんこんと水が湧いている。難民センターは、内戦まではセルビア赤十字のこども休暇村だった。二段ベッドが並ぶ部屋で、故郷を失った人たちが、いつ終わるとも知れぬ共同生活を始めたのだった。

ある晩のこと、リュビツァおばあさんは大量出血した。何か変だと感じた同室の人が見ると、血まみれのシーツで気を失っていた。救急車が呼ばれる。近くの町の病院に運ばれ、緊急入院した。

お正月が近づいていた。仲間たちは、難民となった人々に、林檎《りんご》とクリスマスカードをとどけるため、ボゴバジャ難民センターを訪ねた。そこで、リュビツァさんが倒れたことを知る。雪のなかを車で病院に急いだ。

リュビツァさんは、集中治療室にいた。看護婦さんは、面会謝絶だと言った。「お願いです、お正月の挨拶に、せめて林檎を渡していただけますか。ベオグラードの団体『ZDRAVO DA STE《ズドラボ・ダ・ステ》』（ごきげんようの会）の者ですが」と言うと、看護婦さんはまた部屋にもどり、それをリュビツァさんに伝えた。そしてもどって来ると、「どうぞ、少しだけならかまいません」と、仲間を通してくれた。赤い林檎とカードを、どんなに喜んだろう。

「なぜ看護婦さんが私たちを通してくれたか、わかる？　リュビツァさんはね、あの方たちはご親族ですかと聞かれて、こう答えたのよ。あの人たちは、私がこの世に与えられたただひとつのものなの、だから通してちょうだいって」翌日、ボゴバジャから帰ってくると、仲間のイェーツァは、そう言っていた。

その年の秋の終わり、リュビツァさんは亡くなった。二段ベッドが空になると、すぐに他の誰かがやって来た。翌日、リュビツァさんの持ち物は、ビニールの買い物袋に詰められ、外のゴミ箱に捨てられていた。それを、やっぱり独りぼっちの、軽い精神障害のある若い女性が見つけ、埃をはらって、リュビツァさんと親しかったスタナさんに渡した。小さな遺品だった。『フェニックス』だったか『イカロス』だったか、若い無名の作家が書いたそんな名前の小説が一冊、遺品のなかにあったと思う。その青年作家も、クロアチアを追われ難民となっていた。エプロン姿のリュビツァさんには、ちょっと思いがけない題名だったので、覚えている。

スタナさんも、七十を過ぎていらっしゃるはずだ。やはり独りぼっちだ。元教師だったと思う。由緒ある家柄で、やはりクロアチアを追われて、このセンターにいた。私たちが訪ねていくときは、セーターからアイロンのかかった白いブラウスの襟をのぞかせ、落ち着いた真珠のネックレスをしていた。古いが品のいいスーツのこともあった。彼女が遺品を整理して、お別れの言葉を書いたのだった。スラボニア平原の麦畑で麦を刈り取る若い女たち、そこにスタナさんも自分の青春を重ねていたのに違いない。

＊

リュビツァさんは、黄金色の麦の刈り入れを終わり、湧き水で汗を流して、麦畑の向こうを流れる川をわたってゆき、あかるい光に満ちたところにいる。神の水がこんこんこんと流れ、澄んだ水を両手ですくい喉をうるおし、ゆっくりと休んでいる。きっと、そこはしずかで、誰の声もよく通り、会いたい人はいつでも訪ねてゆける。

＊

こちらのしきたりで、仲間は「ポリティカ新聞」に小さな追悼文を掲載した。ゴミ箱から救い出した身分証明書の写真が、唯一の肖像写真となった。リュビツァはあのスカーフで髪を束ね、にっこり微笑んでいる。瞳は穏やかに何かを見つめ、閉じられた唇が、何かを語ろうとしている。

私たちのおばあさん、
リュビツァ・ポシティッチ（一九二〇年、バティノバ・コサ生まれ）
一九四一年人民解放戦線に参加、
さまざまな善き働きをなし、
一九九六年十一月九日ボゴバジャ難民センターにて永眠す。
ライコバッツ墓地に埋葬。
私たち「ZDRAVO DA STE」の仲間は、友人として、尊敬の念をもって、女史の思い出を心に刻む。

私は、それを切り取って、仕事机のガラスの板の下に入れていた。この年の暮れに、取り出してみた。灰色だった紙は陽の光に焼けて黄ばみ、小麦の色になっていた。あれから、七年が過ぎていた。

水の情景

パンを運ぶ男、遮断機

空気の透き通る初夏だった。ベオグラードから、バスは二時間ほど走ったろうか。新しい国境の町、シード市のあたりだった。家の壁に、砲弾の跡がなまなましく、一瞬、身体のどこかを抉られたような痛みを感じた。戦争は、私たちの住む場所に、ごく近いところまで来ていた。戦闘はおさまり、日常が人々の手にもどっていたとしても。

警報ベルが鳴り、遮断機がゆっくりと上がり、バスはまた走りだす。自転車をこいでいく人は、大きなパンを運んでいた。それから「国境」を越えた。私は永住権があるから、青い身分証明書を提示すればよい。バスは、検問所を越えて、ふたたび走りだす。アカシアの並木を抜けて、アスファルトの道を走っていった。のどかな麦畑がひろがっていた。空は澄みわたり、青い。ラジオから音楽が流れていたかもしれない。誰もが黙っていた。それぞれの世界でそれぞれの思いにふけっていた。

左手だった、とはっきり覚えている。麦畑の道のかたわらの、それは田舎家だったはずだ。すっかり破壊され、瓦礫《がれき》となり、剝《む》き出しの傷があらわれた。ガラス窓に顔をおしつけ食い入るように、私はそれを見つめた。

屋根も扉も窓も壁もない。だから、もう家と呼ぶことができない、だが、やっぱり家だ。建築物ではない、家族が住んでいた大切な場所、だった、それがはっきり見てとれる。あらわになった空間に、水道管が花をつけぬ草のように生えていた。誰も座らない木の椅子、ホーローの鍋や皿などがちらばり、マットレスからスプリングが飛び出したベッドや古ぼけた戸棚が見える。寝室、台所、玄関、居間……。誰も、居ない。光景は、私から言葉を奪った。

薔薇、アリババと盗賊たち

バスは麦畑を走っていく。しばらくして、また破壊された家が数軒、剝き出しになっていた。そこをバスはゆっくり右折し、細い道をしばらく行くと、ブコバールだ。町のまんなかを川が流れていた。石畳には、いたるところに砲弾の跡が残り、窪みから勢いよく夏草がのびている。若い夫婦が、新しい乳母車を押しながら、ゆっくり通りすぎていく。岸辺には、釣り糸をたれる男がいた。

市庁舎は、十九世紀に建てられた立派な建物だが、ファサードを残して、あとはすっかり破壊され、オペラか古典劇の大道具みたいだ。よく見れば、どの建物の壁にも、アリババと四十人の盗賊のお話のように、ペンキで印がつけられていた。丸印がつけられた家には、人が住むことができる。三角は補修工事の必要有り、三本線は、修復不可能で取り壊しの必要有り……。たしか、そんなことだった。

昔の面影を残す建物が建ち並ぶ通りは、すてきだったに違いない。夕暮れには、きっとゆったりとした足取りで、散歩を楽しむ人々の笑いさざめく声が、やわらかに響いたことだろう。声を合わせて歌をうたう者たちもあったろう。

明るい陽光をあびて、瓦礫の町を歩いているのだった。三本線が煉瓦《れんが》の壁に記された家を、半分開かれた扉の間から覗いた。屋根は吹き飛び、二階の床も抜けて、上階の扉が逆さに宙吊りになっていた。どんなに奇想天外な発想をもつ演出家も、こんなに完璧な舞台装置を思いつくまい。

私たちは、本道を右に折れて、ゆっくり坂道をのぼっていった。鳥のさえずりが、ときおり、静けさをやぶる。戦闘機の爆音も、銃弾の音も、サイレンもない。戦闘が終わって、かなりの時間が過ぎていたのだから。

修復必要の記号のある家は、ゆったりとした低い塀にかこまれていた。中庭が見える。向日葵が大きな花をつけ、深紅の薔薇《ばら》が生い茂り、甘やかな香を漂わせていた。私たちを誘うのか、家人を待つのか……。空間が生命に満ちているのは、植物のせいだ。

しばらくのぼると、セルビア正教会の聖堂だった。キューポラはぶち抜かれ、真っ青な虚空を切り取っていた。床には、死者を弔うために灯されたに違いない、溶けた芥子《からし》色の蜜蠟が模様を描き、鍾乳洞を思い出した。さきほどまで灯っていたに違いない、新しい蠟燭もある。天井を失い、空の高みをとりこみ、教会はいっそう天国に近づいていた。

そこから、町を見下ろす。カトリック教会も見えた。やはり破壊が激しかった。この町には地下に迷路がはりめぐらされ、第二次世界大戦のときには、ティトーも使ったと聞いた。戦争で、教会は塹壕《ざんごう》になり、兵士たちが暮らした。「とにかく不条理の戦いでした。クロアチア軍もユーゴスラビア連邦軍も、破壊するだけ町を破壊した。誰も、この町を愛していなかったんです……」。戦闘を逃れて、やっとのことでベオグラードに逃れてきた日本学科のブランカの言葉を思い出す。修復が必要なのに、誰も取りかかるものはいない。地雷が怖いのだ、と土地の人から聞いた。草花は、石よりも強い。そして、地雷を恐れてはいなかった。

ヒアシンスの植木鉢、黒板

坂道をおり、幼稚園を訪ねた。天気がよく、こどもたちは中庭に集まっていた。黒板にチョークで絵を描いたり、ボールを追いかけたり、元気な声が響きわたる。園長さんは、戦闘の日、クロアチア軍に追われ、玉蜀黍《とうもろこし》畑に駆けて身を隠したことなど、話してくれた。

遊戯室《ゆうぎ》には、天井がなかった。学芸会のときに引くはずの幕が、だらりと垂れ下がっていた。大きなガラスも割れたままだ。廊下には乾いた土の入った植木鉢がいくつか、ごろりと倒れていた。破壊が激しく、使えない部屋がいくつもあった。こどもたちは、この傷のなかで暮らしているのだった。

クロアチアとセルビアの境にあるこの町は、セルビア人の居住地、クライナ共和国に属していたが、幼稚園の再建のために、手を貸す者はなかった。クロアチア共和国に入るか、セルビア共和国に入るか、はっきりしないと判断されたからだった。たしかに、これから数年とたたぬうちに、この町はクロアチアに属することになる。

そこから歩いて市役所のほうへ向かった。どこにでもあるような鉄筋コンクリートの高層住宅が並び、私は建物を見上げるようにした。迫撃砲による破壊だろう。同じ建物なのに、すっかり壁を失った家もあれば、ガラスのない窓をビニールシートで覆い、人が住んでいる家もある。無傷の家もあった。しかし、エレベーターは動かない。

バケツと水

ブランカの言葉を思い出していた。彼女もこんな集合住宅に住んでいると言っていたから。父は体育の教師、母は学校で事務の仕事をしていたが、ずっと前に離婚していた。お母さんは恋人ができ、息子ができた。こどもは、重度の身体障害を負って生まれてきた。恋人は去ってゆき、ブランカは父親の違う弟とお母さんと三人で暮らしていた。だが、父とも良い関係にあって、よく訪ねていた、と言っていた。

戦闘が激しくなったときのこと。それは父の誕生日だった。砲撃は止まない。集合住宅の住人は、地下室に避難していた。ラジオではクロアチア放送が、ひどい言葉でセルビア人を罵りはじめる。あの状況ならわかると、ブランカは言った。戦争だもの。けれども、じっと屈辱に耐えなければならなかった。じきに電気も水も止まった。水は、近くの井戸に汲みに行かなければならない。だが、それには危険がともなった。

「その日は、父の誕生日でした。何を贈ろうか。戦争です。そうだ、と私は思いました。バケツに一杯、井戸の水を汲み、父に贈りました。父は、泣きました」

煉瓦のある情景

それから、市場まで歩いた。がらんとしている。わずかな衣類を売る老人、プラスティックの人形やままごと道具を並べているおばあさん……。少しばかりの野菜もあった。使い古した鍋や食器もある。瓦礫のなかから見つけ出し、きれいに洗って売っているのだと聞いた。

廃墟からまだ使える煉瓦を拾い集める仕事がある。秋の終わりに、ブコバールを仕事で訪ねた友人のジャーナリストの言葉を思い出した……。

＊

日没は早かった。四時半には、とっぷりと日が暮れ、廃墟の町は深い闇に沈んでいった。市役所で仕事をしていたブランカの案内で、友人は町を歩いた。暗い坂道に、ぽつんと裸電球が灯っていた。人の気配に気づき老人が通りに出てきたのか、それとも家に入ろうとしていたところを友人が見つけ言葉を交わしたのか、それはわからない。あたりを包んでいく暗闇のなかから、老人が言った。「どこへも行くところのない者だけが、ここに残っているのさ。今しがたここを通った若い夫婦がいたろう。あれはね、ものを盗んで暮らしているんだよ」秘密を明かすように、小声でそう言うと、家のなかに消えた。それからブランカは、友人に私の近況を尋ね、よろしく伝えてほしいと言うと、街灯もない真っ暗な道を、たった一人で帰っていった。あの道が恐ろしくないのかな、と思ったよ、と友人は言った。とにかく真っ暗闇なんだ、と。

赤いスポーツカー

集合住宅の並ぶ通りに、鉄格子《てつごうし》の扉の店がある。看板には、火銃器専門店と書かれていた。ここで武器を売り買いするのだ。昼食を終えて、私たちはバスを待つ。朝、気が付かなかったのか、アスファルトの道路のかたわらの道路標識は、飴のようにぐしゃりと曲がっていた。教会のある坂道から、路線バスがゆっくり下ってきた。乗客は三人ほどしかない。そこを突然、深紅のスポーツカーが走り去る。黒メガネをかけたノースリーブの赤いワンピースの若い女で、深紅のマニキュアで爪を染めていた。このアンバランスが、夏のブコバールの最後の光景だった。バス停のそばに、キャフェがあった。ここで飲み物を注文する金のある者もいる。男たちが、コーヒーかなんかを飲んでいた。

その日、私は久しぶりにココア色の木綿のツーピースを着ていた。襟元にカットワークがある。ブコバールの後、この洋服が着られず、お隣の娘さんにあげてしまった。ブランカには会えなかった。

人は去り、人は流れ

秋は終わろうとしている。久しぶりに、ブランカが大学に現れた。もう長いこと、授業に出ていなかった。三年生の試験を受けたいという。ブコバールにもどっていて、大学に通えない。自習の方法の相談に乗る。彼女は、無資格で小学校の英語の教師をしているのだと言った。町の教師は足りなかった。昔からの住民は町を去り、よその土地から故郷を奪われた人々が町に流れてきた。いつか、ブコバールに来てくださいと言った。若い親たちも、こどもたちも、みんなが荒れている、と言った。高校で、谷川俊太郎の「黒い王様」の朗読をする約束をした。

翼のない天使

日本から来た友人たちを誘ってブコバールを訪れたのは、もう冬で、その日は雪が降っていた。町は、相変わらず緊張していた。どこへ行くのにも、革ジャンパーを着た市役所の青年がついて来た。

ブランカの家に伺う。お母さんは思いがけぬ客に喜んで、手作りのケーキを用意して、私たちを迎えてくれた。弟は、天使の瞳をしていた。

この内戦が始まる前まで、彼女の弟は、ボスニアの町の重度身体障害者の児童のための施設にあずけられていた。週末に、家に帰ってくるのが、みんなの楽しみだった。ところが、内戦が始まる。この施設のある町が攻撃を受けると、職員たちはこどもたちを残したまま避難してしまった。数日間、こどもたちは放置されたことになる。偶然、そこを通りかかった国連兵が発見し、こどもたちは救出され、バスでそれぞれの親のもとに返された。「この子が帰るまで、どんなに心配だったことか……」ひどい無責任な話ですね、と言うと、お母さんは言った。「だって戦争なんですもの。施設の人たちはみんな親切でした。とてもこまやかに、こどもたちの世話をしてくれたの。帰宅する前に、綺麗に髪を洗ってくれ、櫛でとかしつけてくれた。愛情があふれていた。その施設がなくなったんですよ」

隣のおばあさんが、お砂糖を借りに来た。喪に服しているのか、黒いワンピースを着ていた。「日本からお客さんなのよ」と、お母さんは得意気に説明している。おばあさんは一人暮らしで、クロアチア人だった。「こんな戦争があっても、私たちはみんな仲良く一緒に暮らしているんです」とお母さんは言った。

遠方より友は来たり

教室は、こどもたちで一杯だった。高校生もたくさん集まった。日本語で、谷川俊太郎の「黒い王様」を朗読する。セルビア語への翻訳は、ブランカが読んでくれた。どんなに、みんな耳を傾けて聞いてくれただろう。この閉ざされた街に、遠くから友だちが来たのだ。それは、詩だった。

私の好きな情景

午後遅く、ブランカを誘って、川岸のレストランへ行った。日本の友人が、この町のどの景色が好きかと尋ねたら、この川の景色だと答えた。レストランは、町に背を向けるようにして、岸辺に建っている。

「だって、川には壊されたものが見えないから。水と植物だけだから……」と。底冷えがする。帰りの道は暗く、町は闇に沈み、あの廃墟は見えなかった。友人たちも、何も言わなかった。それぞれが、それぞれの世界にかえり、何かを考えていた。それぞれが、どこか同じことを……。

失われゆくものを求めて

また、ひとつ冬が来た。ブランカは、その後、ずっと時間が過ぎてから、突然、大学に現れた。白いふわふわのコートを着ていて、髪の色を変え、以前より濃いお化粧をしていた。元気そうだった。ロシア人のビジネスマンと結婚し、男の子が生まれた。家族でノビサド市に住んでいる。ブコバールを去ったのだった。

卒業までひとつ試験を残している。早く、大学を出たいと言った。そして図書室を見回して、こんなに設備が悪いのは恥ずかしいことだ、何でも言ってください、夫と何とかしますから、と言った。ここに足りないものは、なくなっていくものは、そういうものではないのよ、と、私は言った。

天使のような瞳の弟がどうしているか、聞くのを忘れた。

野原、馬

夜が明けると、冷たい雨が降っています。起き出して、窓のほうを見ました。私の家の前の野原に、馬が横たわっていました。きのうも、そこで馬を見かけました。きっと、馬はどこか、具合が悪いのでしょう。長いこと私はじっと、窓辺に立っていました。馬を見ていたのです。雨は、だんだん激しくなりました。どうすれば、いいのかしら。姉を呼びました。すぐに、話は決まりました。あそこへ行こう、と。馬は、ぬれた草の上に、じっと横たわっていました。ふと見ると、右の前足に傷があります。それは弾丸のあとでした。弾丸がひとつ、足のなかに残っていました。私は馬の眼を見つめました。瞳は悲しみでいっぱいでした。助けを求めています。馬の頭をのぞきこむように私は立っていました。涙が頬を伝ってこぼれました。涙の一粒が、馬の瞳のなかに落ちました。水と食べ物をあげよう、と姉は言いました。私の手から、馬はパンを食べました。とてもお腹が空いていたのです。私たちにできる限り、傷をきれいにしてやり、包帯を巻いてやりました。ぬれた体をふいて、ビニールをかけてあげました。少し、ほっとしました。一日中、私と姉は馬のそばですごしました。雨は、休む間もなく降りつづけました。ありがとう、と言うように馬は私たちを見つめました。いったい、だれがこんなことをしたのでしょう、どうして馬は置いていかれたのでしょう。夜がせまってきました。痛みはぐんぐん激しくなり、足がはれてきました。馬は、痛々しい声でなきました。体がふるえています。私は家に帰らなくてはなりませんでしたが、馬を置き去りにすることができませんでした。馬のそばにいてあげたかったのです。その晩は、長いこと、寝つかれませんでした。

次の朝になると、空に黒い鳥が集まっていました。私はもう、外へは行きませんでした。何が馬を待ちかまえているのか、わかっていました。釘づけにされたように、私は窓から外をのぞいていました。私の小さな心は、限りない悲しみでいっぱいでした。

その日、馬は連れ去られていきました。私はまた、あそこへ行きました。馬が生きていた、という最後の印が残っていました――ひずめの跡、そして馬が横たわっていた草は焼かれていました。あの馬の悲しい救いのない眼差しを、決して忘れはしないでしょう。

小判のノートから注意深く切り取った紙片に青いインクで、一文字、一文字が、心をこめて綴られている。これを書いたのはニーナ。戦火の止まぬボスニアのセルビア人地域の町バニャルカに住む一九八二年生まれの少女だ。

作文には、一九九五年九月と記されている。その年の八月、クロアチア軍によりクライナ地方（クロアチア南部のセルビア人地域、国連保護地域だった）が制圧されると、村を追われ家を失った人々で、バニャルカの町はあふれた。馬も、難民となった人々と一緒に流れてきたのだ。あれだけの人が、一度に故郷を失ったが、あの夏も世界は押し黙っていた。

＊

雨が止み、ニーナの窓から馬の姿が消えて、ほんの数日後、バニャルカは空爆された。ボスニアのセルビア人地域では、ＮＡＴＯ軍が、大規模な空爆を繰り返していた。電話局は破壊され、すべての連絡が断ち切られた。

やっとバニャルカに電話が通じたのは、十月の終わり、厳しい冬が近づいていた。ゴガの声が聞こえる。無事だった、よかった。ゴガは、ニーナのママだ。苦しいときにも笑顔を絶やさない彼女は、私の親友だ。一時間も話しただろうか。馬の話を聞いたのは、そのときだ。死んでゆく馬を娘が雨のなかで介抱した。足をやられた馬は助からん、と獣医に言われたが、娘は看病を続けた、とゴガは言った。作文に書いてちょうだい。私はニーナに頼んだ。それから一か月後、この作文が私に届いた。

そこにもうひとつ、十一月四日の日付の作文が同封されている。夢のなかで、ニーナは自分の飼っている亀の友だちを探しに、川へ行く。きらきら光るガラスの甲羅の亀がいて、つかまえようとすると逃げていく。「この夢をママに話すと、愛があなたに訪れる印ね、と言いました。きっとあの馬が、お返しに、愛をとどけてくれるんだわ、と私はママに答えました」、作文はそう結ばれている。

あれから二年が過ぎたなんて、嘘みたいだ。昨日、ゴガの声が聞きたくて電話した。「あの馬の話ね、忘れられないわ。もう危ないから行かないでと言ったのに、あの子は聞かなかった。野原のそばにジプシー（ロマ人）の集落があるの。戦争がはじまると、みんなどこかへ去ってゆき、今は女の人が一人きりで暮らしている。女の人はニーナに、こう言ったの。あんたは、いい子だ。馬にとてもよくしてあげた。だけど、もうそこへ行ってはいけないよ。今度は、あんたが危ない目にあうからね。ニーナはこの言葉を聞くと、やっと野原に行くのを諦めた。この部分、あの子、書かなかったかしら」と、ゴガは言った。

「今日はね、ニーナは薄緑の麦藁《むぎわら》帽子を被って、野原で、両手で抱えきれないほど花を摘んできたの。どのお部屋も、お花でいっぱいよ。カヨが近くに住んでたら、あげるのにな」

無数の協定、NATO、国連、国際裁判、秘密の戦犯リスト、選挙……。バルカンの空は、限りなく重たい。私たちは草ではないか、と思うときがある。乱暴に踏みにじられ刈り取られ、火を放たれ毒薬を撒かれても、いつかまた種を落として根を張り、目立たない花を咲かせて実を結ぶ。ときおり、私の目の前に、雨に濡れた窓が現れる。草の上に横たわる馬の姿がガラスに滲み、ニーナの声が聞こえてくる――誰がこんなことをしたの、誰が馬を置き去りにしたの。九月の野原には、目に見えぬ反復記号が記されている、私には、そう思われて仕様がない。

V　鳥のために

境界の文学

作家イボ・アンドリッチ（一八九二〜一九七五）の作品に、「三人の少年」（『イェレナ、いない女　他十三篇』田中一生・山崎洋・山崎佳代子訳、幻戯書房、二〇二〇年）と題された短編がある。四世紀にわたるオスマン・トルコ帝国の支配が終わり、一八七八年、オーストリア・ハンガリー帝国の支配下に移ったボスニアの町サラエボが舞台となっている。

十一時、ルドルフ大公夫妻が町を訪れるという知らせに、町はざわめいていた。空気には何か冷たい興奮があった。町を流れるミリャツカ川の沿岸には、小学校や中学校の生徒が教師とともに集められている。教師たちの合図でこどもたちは叫んだ、「万歳」。大公の一行は、突然に現れ、突然に去っていく。そしてすべては一度にかき消され、押し黙った。谷はいっそう狭く、丘はさらに高く険しくなり、祝砲や鐘の音に震えることなく、空は輝きを失った。何百というこどもたちの瞳と胸が、空虚のまえに置かれた。

そのこどもたちのなかに、三人の少年がいた。三人は同じデダギン横町に入っていく、ほとんど同時に、だが一緒ではない。三人は、それぞれの家に入る、だが挨拶を交わすこともない。

裕福なムスリム、アブダガ・セナビヤの家は横町一の二階建ての屋敷で、白壁を緑の蔦《つた》が這《は》い、庭は高い塀で囲まれていた。塀を隔てた隣は、正教徒ペタル・マイストロビッチの家、広くて頑丈な平屋である。その隣には新しい館があって、カトリック教会の教理問答教師たちが住んでいた。どの家も、ほのかな明かりに照らし出され、それぞれの生活があり不安があった。

アブダガは祈る。「主よ、我らの罪を許したまえ、（……）我らを異教の民より守りたまえ」と。少年は父の囁《ささや》くような祈りを聞きながら、寝入ってしまう。ペタルの家では、妻がランプのそばで静かに編み物をしている。ペタルは、トルコとモンテネグロの戦いを歌った血なまぐさいセルビア民謡を声張り上げて朗唱した。隣の部屋では少年が目を覚まし、父の不自然な熱狂ぶりを少し恥ずかしく思っている。緑の館では教理問答の教師たちがお喋《しゃべ》りをしている。料理女の息子フィリップは、『聖アロイズ・ゴンザガの生涯――クロアチアのカトリック青年のために』を読んでいた。「聖人は十歳になると母に抱くことを許さず、実の姉妹のまえを通るときには目を逸らした」という件まで来ると、痛みに身を捩るようにして、違う本を読みたいと思う。隣の部屋から、少年の耳に話し声が聞こえてくる。自由主義の毒とか、農業問題とか……。「現実的に見なければならん。一万二千人ほどのカトリック農民は政府の助けで何とかなる……」、「それでは他の者はどうするんだ」、「他の者だって、へっ、知ったことか」。少年は本を捨て、奥の窓へと逃れた、周りで語られ書かれるすべてのものから逃れたいという無力な願いを抱いて。こんな風に、横町の三軒の家では、時が流れていった……。

同じ言葉を話す兄弟ともいうべき三民族を隔てるものはただひとつ、異なる歴史を背景にした宗教の違いだけである。同じ通りに住みながら、三つの家の大人たちは、異なった思いを抱き、それぞれの神に祈る。こどもたちはそこに言葉にならぬ恐怖と不安、抑えられた悲しみを感じている。

アンドリッチは、この三民族が複雑に混住するボスニアに生まれた。サラエボのギムナジウム時代には、オーストリア・ハンガリー帝国のボスニア・ヘルツェゴビナ併合に反対する「ボスニア青年党」に加わり、一九一四年には、オーストリア官憲により逮捕、投獄されている。ウィーン大学、クラクフ大学、グラーツ大学に学び、ハプスブルグ帝国の崩壊後に生まれたセルビア・クロアチア・スロベニア王国（後にユーゴスラビア王国）の外交官としてトリエステ、マドリッドなど欧州各地を巡り、最後はベルリンで特命全権大使をつとめたが、第二次大戦の勃発とともに退官する。爆撃の恐怖のなか、ベオグラードに蟄居《ちっきょ》して小説を書き続けた。この沈黙からボスニア三部作と言われる傑作『ボスニア物語』、『サラエボの女』、『ドリナの橋』が生まれる。戦後、社会主義国となったユーゴスラビアの作家協会の初代会長をつとめ、一九六一年には、ノーベル文学賞を受賞した。

膨大な歴史資料に基づき、壮大な叙事詩を編み出した彼の文学を貫くもの、それは「橋の哲学」である。川を隔てた二つの世界、西と東、現在と過去、此岸《しがん》と彼岸《ひがん》、有限と無限を結ぶ橋。残酷な歴史の運命に壊されても、またそこに橋は架けられる。血まみれの歴史の闇から目を逸らすことなく、人々の生きざまを描き続けた彼が、手放すことのなかった哲学であった。

一九九二年初頭のボスニア、ビシェグラードの町で、アンドリッチの胸像が破壊される。過激なイスラム原理主義の青年が爆弾を仕掛けたのだった。『ドリナの橋』の舞台となった町であり、アンドリッチが少年時代を過ごした町でもある。じきに、誰もが恐れていた内戦がはじまって、彼の作品は、ボスニア・ヘルツェゴビナ（ムスリム-クロアチア連邦）で使われている教科書から削除された。オスマン・トルコ帝国の時代を残忍に描いた、というのが理由である。また、冒頭に紹介した「三人の少年」と、「サラエボの鐘――一九二〇年の手紙」（『イェレナ、いない女　他十三篇』所収）の二編は、憎悪を煽るという理由で、一部から批判されたという。アンドリッチは、「一九二〇年の手紙」のなかで、第一次大戦の後、ボスニアを永遠に去る若きユダヤ人医師にこう語らせている。「君たちはだれもが憎悪なる語を耳にし、理解し、認識することに抵抗する。だが、問題はまさにこれを正視し、確証し、分析しなければならぬという点にあるのです」そして、我々の「不幸」は、「誰もそうする意志も能力もない」ことにあるのだ、と。

青年時代に身の危険を冒しながら、オーストリア・ハンガリー帝国の圧政から民族を解放し南スラブ人の国家を築くことに夢をかけたアンドリッチは、異なる文化がいかに共存できるかを自らの文字と行動で模索し続けた人である。注意深い読者の胸には、彼の思いは届いたはずでなかったのか。

ヨーロッパとオリエントを結ぶバルカン半島に位置するユーゴスラビアは、歴史を通じて、世界制覇を夢見る者たちが通り過ぎてゆく「呪われた中庭」である。アレクサンダー大王、ローマ帝国、ビザンチン帝国、オスマン・トルコ、ハプスブルグ、ナポレオン、そしてヒトラーとムッソリーニ……。世界精神の変わり目には必ず、国境線が描き換えられ、そのたびに、無数の生命が犠牲となった。国境線は、この土地に住み続ける者ではなく、外から来た者の手によって引かれてきた。

冷戦構造のなかで生まれたユーゴスラビアは、思えば素晴らしい装置だった。西にも東にも属さず、二つのイデオロギー間の「橋」として、非同盟主義と民族の友愛を唱えたこの国は、『ろばに乗った英雄』を著したブラトビッチのような大胆で自由な発想の文学や、映画「アンダーグラウンド」のクストリッツァ監督に見られるようなダイナミックで情熱的な芸術を生み出してきた。それが今、世界が一極化していくなかで、必要の無い国となり、巨大な廃棄物のように、戦火のなかで焼かれてしまった。

「ユーゴスラビア文学」とは何か。「ユーゴスラビアに在るセルビア、クロアチア、スロベニア、マケドニア各民族の文学の総称である」と、アントン・バラツはその著『ユーゴスラビア文学』(一九五四)で定義した。ユーゴスラビアを構成していた南スラブ諸民族の言語はきわめて似通っている。スロベニア人はスロベニア語、マケドニア人は第二次大戦後に文章語として確立したマケドニア語を用いるが、クロアチア人とセルビア人の言語は、ひとつの言語の二つのバリエーションとされていた。ボスニア・ヘルツェゴビナではクロアチア人、セルビア人、そしてトルコ支配下にイスラム教に改宗したムスリム人を名乗るエスニック・グループが混住してきたが、ここで用いられる言語も、セルビア語またはクロアチア語と考えられている。言語的に見れば、ユーゴスラビア文学とは、この三つの言語で著された文学であるとも言える。中世から戦後初期に至る文学の流れを概観するバラツの著作は、外国に文化を紹介することを目的として書き下ろされたものだが、この種の書物が少ないので国内でも出版の運びとなったという。事実、教科書以外に、こうした通史が書かれることは希だった。戦後文学にほとんど触れぬ同書が、今もなお、唯一の入門書であるという事実は、ユーゴスラビア文学を語ることが、思いがけぬ困難な課題であることを示している。ちなみにバラツはクロアチア人であるが、第二次大戦中は、その「ユーゴスラビア主義」ゆえに、当時ナチス・ドイツの衛星国だったクロアチア独立国のウスタシャに捕らえられ、投獄されたという経験をもつ。「ユーゴスラビア文学」の主張は、時と場所によっては、危険ですらあったのだ。

バラツによる文学史の構成は、異なる支配者の下にそれぞれが独自の発展をとげた各民族の文学の歴史を縦割りに論ずるのではなく、各時代のグローバルな状況、ヨーロッパの文学状況を論じ、その枠組みのなかで個々の民族の文学を論ずるという方法がとられている。この方法は、ユーゴスラビア文学を語る手段としては有効であった。またそれぞれの「純粋な」民族文学史を書く場合にしても、「境」を越える作家や文学運動が少なくないから、比較文学的な視点は必要となってくる。多くの作家たちが、自分の民族の伝統に属しながらも、隣接の文学と密接に関わっていた。

ユーゴスラビアが成立する以前から、南スラブの諸民族が共同の国家に暮らそうという志向はあったし、民族を越えた文化人や文学者の交流も見られた。例えば、十九世紀に活躍するセルビア語文法の父ブーク・カラジッチは、スロベニア人のコピタル、クロアチア人のマジュラニッチといった知識人と親交があった。また、前述の「ボスニア青年党」は、セルビア人中心の運動であるが、クロアチア人やムスリム人の若者もいた。

一九一八年、王国として共同体が成立すると、民族の枠にとらわれない文芸誌も生まれる。アンドリッチが若き作家たちとザグレブではじめた文芸誌「南方文学」（一九一八〜一九一九）には、編集にクロアチア人、セルビア人、スロベニア人が加わり、それぞれが民族を越えた文学批評を試みている。また表現主義の流れを汲む前衛運動ゼニティズム（一九二〇〜一九二六）は、最初はザグレブ、その後はベオグラードに根拠地を移し、ユダヤ人の詩人イバン・ゴールを編集委員に迎え、アルキペンコやカンディンスキー等の前衛芸術家とも交流し、国際主義を前面に打ち出していた。

第二次大戦後は、作家や詩人の交流はさらに盛んになり、民族を問わず作品を発表する場が無数に生まれ、単数としての「ユーゴスラビア文学」が生まれつつあった。ダニロ・キシュのようにユーゴスラビアの作家を名乗る文学者も育っていた。

ダニロ・キシュ（一九三五～一九八九）は、ユダヤ人を父としモンテネグロ人を母とする「混血」として、家族の歴史にこだわった作家である。幻想的なキネマトグラフィーの手法などを駆使し、歴史のなかの個人に光を当てた。アンドリッチがユーゴスラビアの土地の歴史から、「人」という普遍を描こうとしたのに対して、キシュは歴史に翻弄《ほんろう》される家族という身近な現実から出発して、「人」の普遍に至ろうとする。

キシュはハンガリーとユーゴスラビアの国境の町スボティッァに生まれた。第二次大戦中、町はハンガリーのファシスト政権の支配下に入る。父はアウシュビッツに送られ、ダニロ少年は母と姉とともにハンガリーの田舎に身を隠し、そこで戦後を迎えた。父は不帰の人となった。戦後は、母の生まれ故郷モンテネグロで少年時代を過ごす。この体験をもとに、キシュは家族三部作『若き日の哀しみ』、『庭、灰』、『砂時計』を著し、ユーゴスラビア文学をリアリズムから解放し、新しい抒情《じょじょう》の流れを作っていく。そして、ユーゴスラビアという「中庭」から一歩を踏み出し、世界主義の文脈のなかで、ファシズムやスターリニズムという全体主義の問題を掘り下げていく作業を始めた。セルビア文学の伝統に属するキシュではあるが、クロアチアのクルレジャ、ボスニアのアンドリッチ、セルビアのツルニャンスキーを自らの文学の祖とみなし、民族主義を憎み、「僕はユーゴスラビアの作家だ」と、言い切った。孤独ではあったが。

絶えず国境が描き換えられてきたこの地は、歴史と個人の運命の関わりを描き上げた秀作をつぎつぎと生み出してきた。それが多くの人々の血の代価を払って得たユーゴスラビア文学の美しさであり、それが読む者の胸を打つのである。憎悪と愛、別離と共存、寛容と排斥……この相反する本能は、この土地にあって、あたかもコインの両面のように存在している。憎悪だけが本質なのではないし、愛だけが本質なのでもない。どちらも真であり、どちらも虚なのである。そしてコインを投げるのは、しばしば「よそ者」である。ともに生きていかなければならないのも事実であるが、一緒に生きていくことができないような、恐ろしい状況が地殻変動のごとく周期的にこの地を襲うのもまた、事実なのである。

「サラエボで床について眠られぬ夜を過ごす者は、サラエボの夜の声を聞くことができます。重く確かに、カトリック大聖堂の時計が夜中の二時を打つ。一分以上も過ぎて（正確には七十五秒。計ってみた）ようやく、少し弱く、だが胸に響く音で、正教会の時計が自分の夜二時を打つ。両者に少し遅れて、ベイのモスクのサハト・クーラ（時計塔）がくぐもった遠い声で時を告げる（……）」（「一九二〇年の手紙」）

同じ町の夜を刻む異なる「時」は、目に見えぬ網のように、人の魂を縛り付けてしまうこともできるし、その色の異なる「時」を糸のように紡ぎ出し、見事な色合いの織物を織り上げることもできる。ユーゴスラビア文学は、歴史を通じて幾度も書き換えられていく境の上に、その緊張と矛盾のなかに、生み出された、神と悪魔の贈り物なのである。

橋をめぐるものたち

アンドリッチの「ジェパの橋」(『イェレナ、いない女　他十三篇』所収)は、短編ながら、真珠のような静かな光を放つ作品だ。膨大な史料に基づき、抑制のきいた語りで、それぞれ異なる世界を背景とする人々がひとつの土地に生きる、その影と光を描き出すアンドリッチの文学の特徴を、この小品はすべて備えている。

時はトルコ時代、舞台はボスニアの辺境の村。ジェパ川はドナウ川の水系に属するドリナ川の支流である。主人公ユスフ大宰相は、イスタンブールで出世し、権力の座につくが、陰謀の犠牲となり、幽閉される。冬の監禁生活のなかで想いを馳せたのは、故郷ボスニアの村、ジェパであった。九歳のとき、彼はイスタンブールに連れ去られた。人頭税というトルコ支配の掟によって、父母のもとで過ごした少年時代は断ち切られたのだ。春になり、勝利者として監禁を解かれると、ユスフは故郷のために、橋を築くことにした。

橋を築くためにイタリア人の棟梁《とうりょう》が招かれた。土地の者と交わらず、丸太小屋に籠もり、禁欲的なまでに仕事に打ち込む寡黙な棟梁の姿を知る者は、唯一、ジプシーのセリムだけである。石工たちがヘルツェゴビナやダルマチアから集められ、やがて村には見事な橋が架かる。だが棟梁はペストで死ぬ。「借金も現金も、遺言も跡取りも」残さず、異郷で。

橋の完成を知ると、ボスニア生まれの学生が、ユスフに銘文の言葉を送った。鮮やかな筆跡の銘文を読みながらもユスフは、言葉に線を引き、消してしまう。権力の座に返り咲きながらも、失脚、幽閉を経て、「何事をも受け入れるのに、秘められた、だが深い不信感を抱くよう」になっていたのだ。最後には、自分の座右の銘、「安全は沈黙に在り」すら、消してしまう。こうして「名前も標識もない橋」が残った。

作品が発表されるのは、一九二五年。オスマン・トルコ、ハプスブルグ両帝国が崩壊し、第一次大戦後、戦勝国セルビア王国のもとに、ユーゴスラビアの前身、セルビア・クロアチア・スロベニア王国が生まれた。兄弟たるスラブ民族が自分の手で自分の国を築くこと、これは多くの人の夢であったはずだ。だが、それぞれの民族の思惑は、最初から不協和音を奏でる。この作品からは、建国の喜びは感じられない。歴史にねじ曲げられた民の心の闇、悲哀、不安や猜疑心《さいぎしん》が、深い翳《かげ》りを落としている。二つの岸を結ぶことと、橋を架けることを、アンドリッチは、「人の本能」であると考えた。一九三五年に著した随筆「橋」（『イェレナ、いない女　他十三篇』所収）で、橋を「（……）敵対されたり離別したりしたくないという永遠の、癒すことのできぬ人間の願望」にたとえたが、同時に、それを阻むもの、拒むもの、妨げるもの、壊すものをも、見据えていた。

ユスフは、トルコ支配下でスラブ民族のアイデンティティーを少年時代に奪われた者であり、イスタンブールという異郷で故郷の民を思い、橋を架ける。イタリア人の棟梁は、キリスト教世界に生まれながら異郷を渡り歩き、橋を架け、そして死ぬ。二人はこの地上の「異邦人」である。「あたりの景色はこの橋にしっくりすることがなく、橋もまた、あたりの景色に馴染むことはなかった」と、アンドリッチは記す。この世に橋を架けようとする者の孤独、橋を架けようという思想自身の孤独を、異なる東西の文明の大河が合流するバルカン半島にあって、痛いほど体感したのだ。

ユク河ノ流レハ絶エズシテ、シカモモトノ水ニアラズ。この世の無常を作家は、流れる水にではなく、架けられては落とされ、落とされてはまた築かれる橋の儚さに、見たのかもしれない、ドリナ川を流れる緑の水に影を落とす石橋を見つめながら。

デサンカさんのこと

抵抗の詩

たしかスカラ座と言ったと思う。静岡市七間町《しちけんちょう》の映画館。ひとりで観にいった。ケシの花、少年の洗いざらしのズボン、靴みがきのブラシ……。どの色も褪《あ》せて、くすんでいる。ハーモニカのメロディーが重なる。第二次世界大戦のセルビア、クラグエバッツの町の人々が、ナチス・ドイツに、一日に七千人も虐殺された。その悲劇をうたった映画「抵抗の詩」。パンフレットには、ケシの花の野原を背に、少女が立っている。張りめぐらされた鉄条網に少女が指をかけて、あなたを見つめる。私は十四歳だった。主題曲が心に染み入り、ケシの野原をあしらったＥＰ盤のレコードを買い求め、宝物にしていた。

ジプシー（ロマ人）の少年たちは、ナチスの将校たちの靴を磨くのを拒む。木箱の上に乗せられた堅い編み上げ靴、それを見つめる少年の瞳……。一人がブラシを放り出して、無言で立ち上がる。すると、もう一人も、ブラシを放り出して立ち上がった。三人の少年たちは、みな黙って、じっと将校たちを見つめ、立っている。怒った将校たちは、その場で、少年たちを銃殺する。虫けらよりもたやすく。ブラシが木箱に当たって落ちる音が、今もはっきりと聞こえる。

町の人たちは、一人残らず集められ、ロープが張られ、順番に一列ずつ銃殺されていく。逃げ出した者は、背中から撃たれ、五月の野原に倒れた。ジプシーの少年は、「父さん、死ぬのは痛くないって言ったけど、嘘だ。痛いよ……」と言って草に倒れて息絶える。セルビア人を殺すことを拒否し、銃殺されたドイツ兵もいた……。

お話は、葬儀の場面で終わる。僧侶たちが、読経を始める。丘には、数え切れないほど蠟燭が灯され、揺らめく光のなかで、人々は口々にこどもたちの名を唱える。生き残った、あの少女は、殺されたあの靴みがきの、仲良しの少年たちの名前をひとりひとりつぶやき、その声が僧侶たちの祈りとなる。

映画は、激しく私の心を揺り動かした。しばらくは、ケシの花の絵ばかり描いていた。あのときは、ユーゴスラビアに住むことになるなんて、思いもかけなかった。

「何一つ偶然はない」とは、この土地の人々の口癖だが、もうひとつ、ここには偶然が織り込まれている。日本を発つまえに、田中一生さんがカードにタイプしてくれたデサンカ・マクシモビッチの詩、「血まみれの童話」は、この七千人虐殺の悲劇を歌い上げたものであり、映画の原題はこの詩からとられたものだった。

朝、農夫のような人

一九四一年、デサンカ・マクシモビッチは、ある朝、家の近くの通りで見知らぬ老人に呼び止められる。町の人というより、農夫のような人だ。老人はひどく動揺していた。いきなり、何の前置きも挨拶もなしに言った。「クラグエバッツで何が起こったか、ごぞんじかね」。大人たちが大量虐殺されたことには一言も触れず、老人は、「ドイツ軍が、学校に入り、授業中に幾つかのクラスのこどもたちを集めると、全員、処刑場に連れて行ったんだ」。それから、老人はさよならも言わず、遠ざかった。ひとつの部屋からもうひとつの部屋に移ったかのように、まるで、またすぐに戻って来るとでも言うように。「このときほど、同じ民族に属するとはどういうことかを、知らされたことはない。運命的な事件について、ドイツの蛮行について、私たちは同じ気持ちを抱いていた、私は彼と同じ考えをもっていたのだ。見知らぬ人、違った教育を受け、異なる環境に暮らし、性格も違い、性も異なる彼と……」と、デサンカは回想する。この事件をラジオや新聞で知ったら、この詩は生まれなかったろう、と。それは、鳥が最初に私に詩を届けてくれたようだった、と。静けさのなかに、虐殺のあった村の情景が浮かび上がる。水を満たしたガラスのコップを注意深く運ぶように、ゆっくりと家にもどる。あとはタイプライターに向かい、この情景を書き写せばよかった。ドイツ占領下のセルビアで、デサンカはこの詩を隠しておく。祖国が解放されると、真っ先に、『我らの文学』誌に発表する。それが、映画の霊感となった。

夢のはじまり、大きな帽子

デサンカさんに、最初にお会いしたのは、留学して間もない一九七九年の十月、ベオグラード書籍見本市だった。田中一生さんの親友ドラクロビッチさんが、ちょうど著書にサインをしているデサンカさんのところへ私を連れていき、紹介してくださった。大きな帽子を被って、にこにこと微笑んでいらっしゃる。ドラさんは『デサンカ・マクシモビッチ、詩とともに生きて』という本をとり、デサンカさんに署名をお願いしてくれた。それから、このあと何度もデサンカさんにお会いすることになる。自分自身が詩人となること、デサンカさんが大切な師となることなど、そのとき夢にも思わなかった。

詩人の生まれ故郷ブランコビナへご一緒したこと、無名の詩人たちが集う俳句の会に来てくださったことなど、ひとつひとつの情景が、光に満たされ浮かび上がってくる。お会いするたび、まっすぐで力にあふれ、愛くるしく誠実で、あたたかい彼女の人に触れ、それは私にとってかけがえのない学校だった。

森の鳥のように

一九九二年十二月三十一日。最後にデサンカさんにお会いした日、この日ほど、デサンカさんが近かったことはなく、あの日の言葉はしっかりと心に刻まれている。

正午、私は、デサンカさんのフラットのベルを鳴らした。奥の部屋から、デサンカさんが現れた。いつもお会いするのは、文学の夕べなどだったから、大きな帽子を被り、ワンピースにネックレスと、おしゃれな姿しか知らない。その日は、黒地に細かな赤い花模様のガウンを着ていらっしゃった。腰を曲げて歩く姿が、深い森に棲む鳥のように思われた。「あら、あなただったのね、私の中国人！」例によって、「日本人ですけど……」と、いつものように一応、訂正したが、中国人とは彼女から与えられたあだ名と言ってもよかった。それは私だとわかり、喜んでくださったことを意味していた。姪のラーダさんが、コーヒーを入れてくださる。それからあの応接間で、デサンカさんと忘れられない時をご一緒したのだった。

その日は、日本の新聞の新年号に掲載するデサンカさんの詩のことでお訪ねした。椅子に座り、デサンカさんは、私の左手を右手でずっと握っていらっしゃった。この翻訳が出たいきさつをまず、お伝えしなければならなかった。

おやすみ

十一月、ある新聞社から連絡があった。内戦のはじまったユーゴスラビアの詩人の作品を新年号に掲載したい。多民族が、憎悪を超えて、ともにひとつの国を築くというような詩作品を、どなたかに書いていただきたいという依頼だった。ティトー時代に、そんな詩は山ほど書かれ、教科書に載せられ、こどもたちは暗唱させられてきた。それなのに、やはり内戦は勃発した。注文で詩が書かれることはない国だ。私だって、そんなことはできないだろう。知り合いの詩人たちに声をかけたが、同じ理由で断られた。もし快く引き受けたりしたら、きっと私は彼らにがっかりしただろう。

冬が始まったばかりのティトー元帥通りを歩いていた私は、本屋のショーウインドーにデサンカ・マクシモビッチの新しい詩集を見つける。『トネリコの笛』だった。

ここに、伝えるべき言葉があるかもしれない。帰りの電車のなかで、すぐに詩集を開き、読みはじめた。死と生の境目を、枯れていく花にたとえて描いた作品など、禅の境地を思わせる作風に、心が引かれた。そのなかでひとつ、「おやすみ」を選び出すのは、難しくなかった。子守唄にも似た優しい言葉には、この世をしっかり見据える詩人の鋭い視線があった。

いちどに翻訳を終え、編集室に送る。じきに、今回は掲載を見送るという連絡が入った。注文したものと違っていたからだろう。腹が立った。私は、それに長い返事を書いてしまう。一気に書いた。この詩がいかに大切か、そして出していただかなくても一向にさしつかえはないが、ユーゴスラビアでは、注文されたような詩は、これまでも繰り返し書かれてきた。それにもかかわらず内戦は起こった。こうした注文に応えることのできる詩人は、この地にいない。ここで選んだ詩は、そうした時代に対する一番よい答えであり問いかけであると思う。もしもこの詩がおわかりにならなかったとしたら、みなさんも「おしだまるせかい」にいらっしゃるのだ、と書いた。当時の私は、翻訳作品などなく、正真正銘の無名だった。今から思えば、ひどい勇気があったものだ。また、ユーゴスラビアの運命を心から案じて翻訳を提案してくださった方のご厚意を、踏みにじることでもあったから、失礼なことをした、かもしれない。

手紙を送ってしばらくして、やはり掲載するとの連絡が入った。何度も朗読して、訳文の音楽を調え、校正を送った。

この世界には愛だけが

デサンカさんは、その話を聞くと、「あら、あなたは恐ろしい女ね」と冗談まじりに笑う。私は、まずセルビア語で「おやすみ」を朗読し、それから日本語の訳を朗読した。デサンカさんは、しみじみとおっしゃった。「あの詩はねえ、易しいから翻訳が難しくないでしょう。でもあれは大切な詩で、もっと私の国の人にも読んでほしいと思っている」と。

おやすみ

おやすみ
ちいさなこどもたち
まどをあけておこうね
とびらをひらいておこうね

夢のようにそっとしのびこんで
金の星をとどけてあげよう

こどものねむりのなかにだけ
星きらめく夢がある
せかいはおしだまるばかり
おやすみ
ちいさなこどもたち

おやすみ
ふとんにくるまって
こよい
おそろしいよるがきて
もりはさむさにみをふるわせる
おやすみ

ちいさなこどもたち

なぜこの詩を選んだか、どこが翻訳で大変だったかなど、お話ししたが、デサンカさんを前に、聞くより話している自分が愚かだった。しかし、彼女は優れた聞き手だった。じっと耳を傾けて、聞いてくださった。

それから俳句の話になった。デサンカさんは、長いこと俳句を書いていらっしゃる。句集もあった。「私のは、俳句になっているかしら」と、真剣な声でお尋ねになる。謙虚さ、そして真摯《しんし》な態度に驚いた。句集のなかで、どれが日本の俳句に近いか、いくつか私の好きな作品を選んだ。こどもの墓を詠んだものが秀でている。デサンカさんは、定形を好み、五・七・五が、セルビア語のリズムによく馴染み、ここちよいとおっしゃる。あの形の良い長い指を動かして、作るときはいつも韻数を数えている、とおっしゃった。

デサンカさんが俳句をはじめたのは、一九七三年あたりに、ロシア語訳の句集を贈られて、俳句に魅せられたのがきっかけだった。それから本棚から、「これは、あなたのところにあったほうがいいわね」とおっしゃって、大切にしていらしたロシア語の句集を私に貸してくださった。ほとんど正方形の赤と黒の表紙だった。「いつまで、お借りしていていいでしょうか」と言うと、「いいのよ、ちっとも急がないから。ゆっくりでいいの」とおっしゃった。

「恐ろしい世界になったわね。愛だけが世界を救える。世界のセルビア民族に対するこの憎悪は、何と言ったらいいのでしょう。恐ろしい時代だわ。憎悪で世界は救えない。愛だけが必要なのよ、愛だけが」と、ふたたび私の左手を取り、両手で包むようにしておっしゃった。それから私は、今、詩にできることは何かと問う。「詩は、詩を愛する者の胸にだけ届くもの。詩を愛さぬ人の前には、詩の言葉は無力なのです」と答えられた。

第一次、第二次世界大戦をくぐり抜け、詩とともに生きてきた詩人は、さらに言葉を続けられた。「私は、楽天主義者ではない。むしろ悲観論者なのです。しかし、詩人はどの時代にあっても人の心に希望の灯火をともさなくてはいけない」と。若い詩人たちに何を伝えたいかと尋ねると、「自分らしくありなさい」とおっしゃる。自分らしくあること、それは簡単でいて難しい課題だ。指を折りながら注意深く韻律を調える、デサンカさんの姿がそれに重なった。

そろそろお暇《いとま》しなければ、と長居を詫びる私に、あなたには息子さんがいたわねえと、童話集と詩集を書棚から選び出すと、三人の息子たちに一冊ずつ、ひとりひとりにサインをしてくださった。

一九九一年十月バリェボ市の詩の祭典で朗読なさったとき、たくさんのこどもたちに囲まれ、サインをねだられたデサンカさんは、ベンチにひとりで腰掛けて、大きな帽子を被り、にこにこ微笑んで、だめだめとおっしゃった。なぜと尋ねるこどもたちに、私は手が痛いからね、と答えていらっしゃったのを思い出した。それが、この日、デサンカさんは、ていねいに、息子たちにサインしてくださったのだった。あの日の子たちに、ちょっとすまないなと、思ったが、たしかに大変な数の元気なこどもたちだった。

冬の朝、鳥は眠りにつき

貸していただいたロシア語の翻訳句集を机に置いて、仕事をしていると、デサンカさんが見守っていてくださっているのを感じた。お返ししなくては、と思いながら、返せぬまま、二月がやってきた。そして、私は、とうとう句集を返しそびれてしまった。デサンカさんは、天国に旅立たれたのだ。一九九三年二月十三日午前、安らかに眠るように。

その日の十時ごろ、私は陽の光のあふれる部屋にいた。ダニロ・キシュ前夫人のミリアナ・ミオチノビッチさんを訪ねていた。翻訳をはじめたキシュの『若き日の哀しみ』のことで、いろいろと相談に乗っていただいた。帰り際に、「キシュとデサンカとは、まったく個性の違う文学者ですが、私にとって、どちらもとても大切なんです」と言ったとき、軽い目眩《めまい》がした。なぜだろうか。疲れているせいかしら。

家にもどると、ラジオのニュースがデサンカ・マクシモビッチさんの死を伝えていた。泣いた。雪の日だった。もう、デサンカさんがそばにいない。

花の魂はまだそこを立ち去らず

お悔やみに、デサンカさんのお宅を訪ねた。応接間には、姪のラーダさんの家族のほかに、親族が集まっていた。何一つ苦しまず、眠るような死だったわ、とラーダさんは言った。前日まで風邪気味だったのだが、朝、そっと息をひきとられたと言う。ねえ、カヨさん、お部屋を見せてあげようか、とラーダさんは、デサンカさんの部屋に通してくれた。大きな部屋だとは言えない。静かな喜びが、残っていた。神経が集中できる広さだった。庵と呼んでいい。左から窓の光がさしこみ、ベッドと椅子と机が置かれ、壁にいくつか油彩がかけられていた。飾り棚には、小さなガラスの動物が、並べられている。こんなのが好きだったよ、と甥のブラナさんが言った。カマキリ、熊、象、キリン……。ガラスの人形たちは、身体に光を通し、白い壁に陽気な影を映した。緑や赤、黄色が楽しげで、詩人の書いた童話に出てきそうだった。小さな籠には、詩人の夕べなどの招待状が、きちんと入っていた。「招待状は、いい紙を使うでしょう。デサンカは、この裏側に詩を書き付けていたの」とラーダさんは、言った。ベッドに腰掛けて、膝に小さなクッションをあてて、その上にタイプライターを乗せて、詩を清書していらっしゃったと聞く。

ここでデサンカさんは、何もかも削ぎ落として、詩想にひたり、詩作に向かっていた。僧院の静かな部屋のような、聖らかな空気がまだ漂っていた。枯れゆく花の魂が、部屋をまだ立ち去らぬように。

残された私たちは、みんなデサンカさんの、こどもだった。母は旅立ち、私たちは立ち止まり、それからまた、それぞれゆっくりと歩きはじめる。虹の道を……。デサンカさんの言葉は、まだ少女だった私を、この国へと誘っていたのに違いない。五月が来れば、また川岸の野原に、ケシの花が咲き乱れるだろう。

＊

あの新年号に予定されていた紙面は、田村隆一さんの作品だった。デサンカさんのは、小さな囲みのなかに横書きで掲載された。難民の赤ちゃんを助けるドイツの看護婦さんという説明のついた写真が、連と連の間に挟まっていた。

だが「おやすみ」は、人々の目を覚ますことになる。春になって、岸江美さんという作曲家から連絡をいただいた。デサンカさんの「おやすみ」に心を打たれて曲をつけたこと、上條恒彦さんが歌うこと……。人から人へ、言葉は心と心を結びつけていき、音楽が生まれた。上條さんの「出発《たびだち》の歌」を、私は少女時代から大切にしていた。「抵抗の詩」のハーモニカの旋律は、きっとこの歌と心のなかで絡み合っている。

上條さんは、「おやすみ」を歌うたびに、戦火のなかに生きる人々のために祈ってくださったと思う。ユーゴスラビアがNATO空爆下にあったときも、歌ってくださった。空襲警報下の暗い部屋で、私は「出発の歌」を歌った。勇気を出すために。歌は祈りだった。生きるための力だった。それは人から人へと、伝えられていった。

Ⅵ　あどけない話

花冷え、空襲警報

空、機械仕掛けの人形

あの春、私たちは空を見上げては、思った。空爆があるかしら、まさか。

「ねえ、空爆はあるかしら。なぜ私たちのこと、世界は憎むのかしら。あなたは私たちが好き?」

「もちろん好きですとも。だから、心配しないで」

朝のパンを買うときに、スーパーマーケットのレジのおばさんと、この会話を交わすようになって、もう一か月が過ぎていた。空はだんだん固くなっていき、止められない機械仕掛けの人形のように、その時は精確に近づいていた。運命? いつそれを人間が決めるようになったろう。それも、ある大きな国のほんの一握りの人間が……。

おでん、携帯電話

一九九九年三月二十二日、私たちはN氏の家に招かれていた。だが、主のN氏は落ち着かなかった。動物園の月輪熊《つきのわぐま》のように、携帯電話を耳に、隣の部屋を行ったり来たりしている。テーブルには夫人の準備した御馳走が並んでいた。美しい皿とナプキン、銀のフォークとナイフ。話題は、自然に空爆の話となった。色とりどりの料理のなかで、どういうわけか、じっくりと煮込んだおでんだけが思い出される。

月の初めからユーゴスラビアには邦人に対する避難勧告が出され、私たちにも大使館から電話でたびたび連絡が入った。大使館館員の家族もバスでウィーンに避難した。やがてそれは退避命令となった。最後のバスが用意されたと連絡がある。「行きません。残ります」と、いつもの返事を繰り返した。それから仲良しのSさんから電話があった。バスで二人のこどもとウィーン経由で日本へ向かうと言う。「あら、ウィーンですって。おみやげにチョコレート買ってきてよ」と、冗談まじりに挨拶を交わす。土地の女性と結婚している仲良しの三つの家族だけ残った。

零時が近づいたころ、ふたたびN氏の携帯電話が鳴った。私たちは、リビングルームのゆったりとした象牙色のソファで、ランブイエ会談が瓦解して、これからいよいよ空爆が始まるのか、それとも最悪は回避できるのか、ハムレットのような議論を続けていた。優れた外交官だった方が、おっしゃった。「まあ、空爆はきっとないよ。世界はそれほど愚かではあるまい」と。この言葉が私は怖かった。世界はじゅうぶん愚かではないか。

しばらく隣の部屋で電話で話していたN氏は、たびたび席を外して、と失礼を詫び、そして言った。「今、連絡が入りましてね、避難をはじめて、どうやら空爆の準備が進められているようです。ロイターの女性記者たちも、べオグラードを出たとのことです」とおっしゃる。一瞬、部屋に熱い沈黙が流れた。「ねえ、あした早いから、もうそろそろ、失礼しましょうよ。私、第一講があるし……」と、私は洋氏を促す。シンデレラの魔法がとける時間だ。心のこもった夕食にみんなお礼を言い、それぞれが家に向かった。慌てる者は、ひとりもなかった。私たちは、これから空爆を受ける人々には、見えなかったろう。ただ、静かだった。

翌日は火曜日だから、午前の授業があった。そのあとで、友人たちと話をしていた。また空爆のことだった。昨夜の話は、まだニュースには流れていなかった。「ねえ、なぜ世界はあなたたちを憎むの?」思いがけずに、私はそう言い、涙がこぼれた。そのあとで、実は、友人たちも外国の知り合いから空爆があると、知らされていたと聞いた。たった一日だけ、互いに互いを思いやり、知らないふりをしていたのだった。

次の日、三人の息子たちは、それぞれ学校へ行った。帰って来て、こどもたちは言った。「学校に行けなんて、ひどいじゃないか、教室の半分は来てなかったぞ。何ていう親だ」ゼムン高校は、空軍の司令部のすぐそばにある。その日は多くの家族が危険を感じ、こどもを学校にやらなかった。ぞっとした。それが最後の授業になった。いつ終わるとも知れぬ休校に入った。あとから空軍の司令部は、爆撃を受けて、内臓を抉られた動物のようにして、今も修復できぬまま、立っている。夜は亡霊が棲息している、かもしれない。

真冬の森、苺

三月二十四日。ランブイエ会談は決裂した。真冬の森で娘に苺を探させる意地悪な継母のお話ならば、魔法の力で苺が見つけられたろう。しかし、これは民話ではなかった。空爆の準備がはじまった。もっとも今は、バイオテクノロジーで、奇麗な苺がいつでもあるが……。朝早く、市場に買い出しに行った。何を買ったのか、よく思い出せない。石鹼や歯磨き、ツナ缶などの保存食だったと思う。気持ちのよい春の日だったが、ひどく速足だったのを覚えている。

靴、ビスケット

夜に、はじめて空襲警報が鳴った。ウー、ウー、ウーと、上にのぼっていくようなサイレンが、幾度か繰り返される。こどもたちに、靴をベッドのかたわらに置いて寝るように言う。家族は、テレビの空襲情報にくぎづけになっていた。最初の爆音が、聞こえる。町のどこかに、もう落ちている。私は靴をはいたまま、真っ先にベッドにもぐりこみ、ぐっすり眠ってしまった。睡眠薬を含んだガーゼを鼻に押し付けられたように。ママが一番こわがってたぞ。息子たちは、大笑いした。

リュックサックには、非常食などをつめた。ビスケット、クラッカー、水、チョコレート、アスピリン、干し肉、飴、タオル、懐中電灯……。戸棚にも、サラミソーセージ、缶詰、インスタントスープなど、非常食を用意する。これは、次男が仲間を集め、みんなとすっかり食べてしまい、停電がはじまる五月には無くなってしまうのだが。

近くに避難所もあった。だが、暗いし埃っぽくて息苦しいという。清潔な避難所もあるが、少し遠かった。結局、十一階の家で過ごし、運を天にまかせることにした。お隣の奥さんは、空襲警報のたびに、乳母車に一つになったばかりの娘を乗せて、隣の団地の避難所に通った。ろくにお付き合いなどないのに、ある日、我が家のベルを鳴らして、仲良しの隣人のカナダに住む娘さんの住所を尋ねた。人がみんな恋しくなっていた。奥さんは、いつもよりずっと化粧が濃かった。その日も、哺乳瓶やおむつを入れたカバンを背負って、乳母車を押して、避難所に向かっていった。

サイレン、こどもの歌

空襲警報を告げ、地の底から唸り声を上げる、あのサイレンの音の恐ろしさは、まだ私たちの身体に刻み込まれている。空爆が始まって数日後、やりきれない思いで、同じ階に住むミリアナさんのお宅を訪ねた。午後四時だったと思う。彼女がコーヒーをいれに台所に立とうとすると、サイレンが響きわたり、びりびりとガラス窓を震わせた。ミリアナさんは、すぐに孫のタマラちゃんをしっかりと抱き寄せ膝に乗せ、その小さな耳に口を寄せて、こどもの歌をうたいはじめた。サイレンは、間もなく鳴り終わる。その六十秒が、七分に感じられる。通りから、車が消え、人影が消えていく。コーヒーはまたこの次にと立ち上がる私に、ミリアナさんが言った。「大人にも恐ろしい音でしょう。サイレンが始まると、タマラの耳元で、こどもの歌をうたうの。思いつくまま、何でもいいの。だけど、知らない人が見たら、私、気がおかしくなった、と思うでしょうね」と。タマラが大きくなったら、きっとおばあさんの歌を思い出すだろう、空襲警報のサイレンより先に……。

ハリネズミの燭台

空爆がはじまった夜は、二人の仲良しから電話があった。まずバチュガの小さな友だち、ゴルダナからだった。「カヨ、元気?」「元気よ。そちらは大丈夫なの、農薬の工場がやられたと聞くけど」「大丈夫よ」この声に、どんなに勇気が出ただろう。最後のバスに乗らなくてよかった。次は、「ZDRAVO DA STE《ズドラボ・ダ・ステ》」の仲間のヤスミナだった。夜の八時を過ぎていた。「カヨ、元気にしているわね。ただ声が聞きたかった、それだけよ。あなたは光だわ」「ヤスミナ、停電が始まると、あなたがくれた燭台《しょくだい》に蠟燭を灯して、あなたのことを想っているわ。どこからなの?」「幼稚園からよ」「この時間に幼稚園ですって?」「ええ、労働義務できょうは当直なの」「大丈夫?」「ええ、大丈夫よ。光を消したらだめよ。元気でね」

空爆が始まるかどうか、大きな不安のなかで、つい二週間ほど前に、彼女は私にハリネズミのついた陶器の燭台を贈ってくれた。「カヨ、あなたは光よ」と言って……。三月のはじめ、「バチュガ国際学校」に日本の仲間たちがやって来て、難民センターにこどもたちを訪ね、忙しいが熱い想いの一週間が過ぎたあとのことだった。日本から来たこずえさんは、最後の日、「あなたたちを炎のなかに、残していかなければならない」と言って、泣いた。

たび重なる停電に、このハリネズミが闇から守ってくれることになった。そのあと、数日後、彼女の職場に電話を入れたら、同僚が言った。「今、空襲警報なんです。園児たちを集めて、地下の避難所に行きました」と。「よろしく伝えてください」受話器を置くと、空襲警報が、春の空を震わせた。

慈悲深い天使たち

ユーゴスラビアに対するNATOの空爆は、「慈悲深い天使の作戦」と名付けられていた。停電の夜、蠟燭の明かりを灯した食堂に、私たちは集まっていた。三番目の息子が聞いた。「ねえ、偽善って何のこと？」

何と返事をしただろう。質問だけを覚えている。毎日、息子は、不思議な絵を描いていた。最初のは絵の具を使って描いた木の絵で、梢には大きさの違う、チグハグの瞳が描かれて、こちらを見つめている。それを切り抜いて、贈ってくれた。私は喜んで、仕事机のガラスの板に挟んだ。そのあとは、細いマーカーの線画だった。

数、数、数

最初の空爆は、難民センターに落ちて、死者はクロアチアやボスニアから来た難民女性だったと記憶する。そのうちに、死者の名前が報道されることはほとんどなくなった。どの戦争でもそうだ。「最初は、死者が名前で知らされる。それから数になる。最後は数もわからなくなる……」それが戦争だ。サラエボから脱出してきたブランコ・グリンフェルドが言ったのを思い出す。数、数、数のなかに、私たちは組み込まれていった。

日本の雨傘

午前中に、電話が鳴った。フランス語の翻訳家ボリャンカだ。もう随分とご無沙汰している。翻訳家の田中一生さんの留学時代の友人で、洋氏にときどき連絡があったが。めちゃめちゃにおしゃべりな人だ。「洋はいないんだけど」と言うと、「カヨさんでも、きっとわかると思うわ。あの私ね、日本製の傘があるのよ。タナカがくれて、とっても大切にしているの。どんなに美しい傘だかわかるでしょ。やっぱり日本製が世界一ね。すてきなんだから。ところで、随分よごれちゃったんだけど、どうしよう」と言った。「アヤックスという染み抜き洗剤があるでしょう、あれで試してみたらどうかしら」と私は答えた。「それは、良い考え」と、彼女は嬉しそうに言った。それから、またモノローグとも言うべき長いおしゃべりがあり、長い長い電話は終わった。フランス人を父親とする一人娘は、パリに行ってしまって、ボリャンカは独りで古い建物の最上階に住んでいる。

きっと、傘のことなんかどうでもよかったのだと、今でも信じている。声が聞きたかったのに違いない。誰でもよかった、のだろう。話題は、最後まで、染み抜きに集中していた。傘の次は、ベージュのコートだった。「やっぱり、アヤックスでいいんじゃないの」と答えておいた。空爆もグローバリゼーションもセルビア民族の興亡も、まったく話題にのぼらなかった。平和な日々に生きる女性を、彼女は完璧に演じていたかったのだった。

そういえば、あれから彼女の連絡がない。直線距離がわずか三百メートルほどの、テレビ局が被爆したときは、きっと恐ろしかったに違いない。

人形劇場、亡霊

テレビ局の被爆は凄まじかった。亡くなったのは、カメラや音響の技術系の人が多く、そのなかには、メイクアップ担当の若い女性もいた。私の仲良しのダーナさんの知り合いの娘さんだという。遺体は、激しい爆風に吹き飛ばされた。数百メートルも離れた聖マルコ寺院の庭に、女性の足が落ちていて、遺族はソックスのレースで娘だとわかった、と聞く。テレビ局のすぐ隣は、こども文化会館と人形劇場だった。空爆が終わって一年過ぎた夏の日に、仲良しのヨバナさんが言った。「こども文化会館も、爆風でガラス窓が割れて、図書室がひどい状態になったの。その後片付けをした司書の女性は、秋には肺ガンで亡くなった。爆弾には人体に有害な物質が入っていたと言うでしょう。埃を吸ったのがいけなかったんでしょうね」
建物は、まだ瓦礫のままで、亡霊が棲みはじめたに違いない。

春の夜、花の香が漂い
あんなに花の香のかぐわしかった三月を、私は知らない。深い地の底から唸り声を上げるように、空襲警報のサイレンが鳴り響くと、一度に通りから、車や人影が消えてしまう。そして長い沈黙が訪れる。ルシアン・ルーレット。いや、セルビアン・ルーレットが夜ごとに繰り返された。沈黙を激しい炸裂音《さくれつおん》が破り、壁はびりびりと震え、浅い眠りは、破られてばかりいた。いくつ、そんな夜があったろう。一日が永かった。永い永い物語だった。あんなに、花の香が恋しい春を、私たちは知らない。

市場には、花の苗がならび、みんながバルコニーに花を育てはじめた。スイトピー、サルビア、忘れな草……。

光という闇

私は、真夜中の台所で料理をしていた。あしたも、大学に行かなくてはならない。緊急時における職員の労働義務があり、週二回、大学に通うことになっていた。授業は、休講のままだったが。

電気が消える。蠟燭を灯す。この夜の停電は、いつもとは違っていた。トランジスタ－ラジオをつける。どの局を回しても、何も聞こえない。ざあざあと雑音が虚しい。手探りで蠟燭をつけた。何か大変なことが起こったのに違いない。闇が、すっかり国をつつみこんでいた。

電話を旧い器械にきりかえ、友人の電話番号を回した。心配はいらない、新型の爆弾で、電線に絡み、ショートを起こさせるだけだ。まず、空から大きな箱が落ちてくる、それから箱が開いて、蜘蛛の巣のような網が飛び散り、それが送電線に絡まるのだ、と言った。説明にほっとする。それにしても、いやらしい武器を考えつく。

受話器を置く。すると、すぐにベルが鳴った。大学の仲良しの同僚からだった。

「今のは、何かしら」と、彼女も不安そうに尋ねる。先ほどの説明を伝え、互いの無事を祈り、電話を切った。彼女には、小さなこどもが二人いる。それから、ドアの向こうで人の声がする。私は燭台を手に、廊下に出た。仲良しのミリアナさんと、それから少し前に越してきた向かいの女の人が、やはり蠟燭を手にして現れ、淡い蜜柑色の三つの炎に、三つの影が壁に揺らめく。いったい何が起こったの？　私は、友人の説明を繰り返した。ほっと安心した声には、それぞれの疲れと緊張がこもっていた。そういえば、私たち、自己紹介もしていなかった。大都会の集合住宅にはありがちだが……。「私は、カヨ。あなたは？」「私はゾリツァ、よろしく」「私はミリアナ。よろしくね」こうして、三人は仲良しになった。ゾリツァさんの一家は、ご主人と小さな女の子のいる家族だった。クロアチア内戦で、難民になって、ベオグラードに出て来た。

爆音に、家族も目を覚ましていた。みんなで、バルコニーに出る。パンノニア平原は闇のなかにひろがり続いていた。国の明かりは、一つのこらず消された。いつもの停電ならば、必ずどこかに、灯火が見えた。たとえ、ずっと遠くだったとしても。それが、見わたすかぎり、見えない。空を見上げた。ああ、何という美しさだったろう。満天の星が、瞬いていた。こんなに眩い星空を見たことがない。黒い闇ではなかった。

闇は青かった。天の川が流れた。たった七分でいい。世界中の人が、一度にすべての明かりを消して、何も言わず、この青い闇を分かち合うことができたなら、きっと空爆など思いつく者はあるまい。

しかし、その七分こそ、ありえないこと。童話なのだった。

空爆が終わったあとで、ゾリツァさんの家族は引っ越していった。家主さんが、フラットを売ることになったからだった。「ほんとうは、もっとお付き合いができたらよかったのに。あなたから日本料理を教わりたかったわ」と、彼女は言った。「お元気でね」娘さんを抱いていた。女の子の小さな手と握手する。彼女たちが今どこにいるのか、私もわからない。何度も何度も、引っ越し荷物を狭いエレベーターで運び、午後にはフラットから、ゾリツァさんたちはいなくなった。

ミロシュ

天気のよい春の日だった。ひさしぶりにサバ川を散歩したかった。団地の並木道には、菩提樹《ぼだいじゅ》の象牙色の花が、甘やかな香を漂わせていた。同じひとつの建物に、百世帯が暮らしている。顔見知りなのに、名前を知らない人が多かった。それに内戦と制裁で、それぞれの生活に、精一杯で、誰もが余計なお付き合いを避けていた。

山林檎の淡い紅の花が、ほころびはじめていた。「あら、お元気?」十三階に住む若い家族が、坊やを乳母車に乗せ、ゆっくり散歩していた。挨拶を交わして、自己紹介する。それから、とりとめもない話をした。ミロシュ君は、三つだったと思う。友だちになった印に、日本語で、「目、耳、口、鼻」を教えた。坊やは、元気な声でひとつひとつ言葉を繰り返す。お母さんは、ラーダ。喜びという意味の名前だ。保母さんだった。こうして私たちは、仲良しになった。カヨさんは男の子ばかり三人も育てて英雄ね、と彼女が言う。「猛獣使いと言うのよ、どっちかと言うと」と、私は笑った。

それから、ご主人の妹が現れた。ゴーツァだ。彼女は、少女時代からよく知っている。お腹がずいぶん目立ってきた。あかちゃんを待っている。ラコビツァという団地に住んでいる。この団地のすぐ近くで、毎晩のように、激しい爆撃が繰り返されていた。住民たちは必ず地下の避難所に行くのだという。爆音が、妊娠した女性の身体にいいわけはなかった。あんなに清々《すがすが》しい笑顔が、奇跡に思えた。

私は、岸辺に向かった。リラが薄紫の重たい花をつけている。これがNATOによる空爆が続く国だと、誰が信じたろう。

縞模様のロープ

ニレの木はゆたかな緑の枝をひろげていた。いつものような麗しい春が来た。しかし、どこか違った。サバ川の岸辺には、木の幹に黄色と黒の縞模様のロープが張られて、立ち入り禁止の標識が立てられ、灰緑のトラックなどが並んでいた。地対空ミサイルをレーダーで捉え、人家に落ちないように誘導する。それが、この国に残された唯一の戦いの意味だった。誰かれと、よその国を攻撃するのではなかった。自分たちの生きる場所を守ること、それ以外に目的はなかった。暑いくらいの日で、長袖の上着を腕まくりした青年が通り過ぎた。オリーブ色の軍服を着ていた。黙礼を交わした。学生だろうか、折り目正しい美青年だった。動員されているのだろう。向こうから母親らしい人が、現れる。手を振っていた。お弁当の差し入れを届けに来たらしい。水際に、カモメたちが翼をひろげ遊んでいた。水がきらきらと眩しかった。

宇宙と、声と、沈黙と——ベオグラードは生きている

ユーゴスラビア、ベオグラードの空爆がはじまった、その翌日の正午、私の黒い（半ば死んだような）電話が鳴った。誰からなのか、いったい何を言おうとしているのか、わかるまでに少し時間がかかった。

「ステバン、DOBRO《ドブロ》（ダイジョウブ）？」

それだけが聞き取れた。セルビア語ではない、震えるように発せられたこの音声に、この声の繋がりに、私たちの言語を日本人が発音しているのだと感じたが、聞き覚えのないものではなかった。

「DOBRO（大丈夫です）！」と私は答えた。

同じ問いに、同じ私の答えが、何度か繰り返された。

それは遠いヒロシマからの女の人の声だった。姓はナカジマ。彼女の娘ミワコ

と私の息子ミロシュのこどもたち――私の孫アダムとアナのこの世にたった一人の祖母だ。息子の家族はブルックリンに住んでいる。

たったひとつのセルビア語の言葉「DOBRO」を、ナカジマさんは娘に教わった。この言葉は彼女にとって、多くのことを意味していた。「機嫌」とか「健康」だけではない、裸の剝き出しにされた「命」に関わっていた……。

翌日も、正午にふたたび私の黒い電話が鳴った。また同じ声で、遠いヒロシマからだった。

「ステバン、DOBRO？」

「大丈夫です！」

あのナカジマさんの声は、前回より震えて、日本語のイントネーションで、何度か繰り返され、そこに新しい声の繫がりが加えられていた。

「ベオグラード、DOBRO？　ベオグラード、DOBRO？」

「大丈夫です！　大丈夫です！」私はいっそう深く胸を打たれ、何度か答えを繰り返していた。

三日目の午前、サイレンが唸り声を上げ、NATO空軍機がベオグラード上空に現れたと非常時を知らせるなかを、私はセルビア作家会館に向かった。（元）

フランス通り七番地へ。「十二時五分前」と題された抗議集会はすでに始まっていた。会場で、この劇的な瞬間に、「昔」に書いた感傷的なソネット「石の子守唄」を朗読するつもりだったが……詩を読むのは止めた。

そのかわり、出席していた仲間たち、作家たちと、ここに書きとめた「一番新しい」できごとを分かち合うことにした。たしか、こんなふうに言葉を結んだような気がする。

「今、ちょうど正午……。聖サバ通りの、誰もいない私の部屋で、黒い電話が空しく鳴っているだろう、遠いヒロシマから、心配そうに二つの問いをこめて。ステバンは大丈夫か、ベオグラードは生きているか」

これを書きながら、私がたったひとつ知っている日本語の言葉、息子ミロシュに教わった言葉を思い浮かべている。数年前、私の頭にたたきこんでくれた言葉を。

「ありがとう（HVALA）」

ベオグラード、一九九九年三月二十七日

ステバン・ライチコビッチ

三月二十七日、空爆三日目の夜。我が家に近い空港の辺りで、巡航ミサイルの炸裂音が響いた。それから沈黙がやって来る。私は震えている。窓を開けるとバルコニーにヒヤシンスがもの憂げに匂い、犬たちが月に吠えている。長い夜が明けた。死の香を含んだ春の静けさのなかで、タルコフスキー監督の「犠牲《サクリファイス》」という長くて苦しい映画のラストシーンを思い出し、私はワグナーが聴きたかった（我が家にはそれがなく、仕方なしにジョン・レノンを聞きながら、これからやって来る「茶色の時代」に、心を強くしようとしていた）。

三十日の午後、我が家の灰色の電話が鳴った。詩人のステバン・ライチコビッチさんだ。「ステバンさん、そちらは大丈夫？」「今、散文を書き上げたが、あなたに読んでもらいたい。散文は外の世界からやって来て、詩は内なる世界からやって来る……」三十一日正午、約束のキャフェに行くと、彼が濃紺の帽子を被り、椅子に腰掛けて微笑んでいる。コーヒーを注文し、文章の入った封筒を受け取る。彼はユーゴスラビアを代表する抒情詩人だ。一九二八年セルビアのネレスニツァに生まれ、『静けさの歌』（一九五二年）、『石の子守唄』（一九六三年）、『僕をとりまく世界』（一九八八年）など数多くの詩集がある。命ある者、弱き者の側に立ち続けることこそ詩の使命だという思想に貫かれた彼の詩は、多くの人々に愛されてきた。

米国に住む息子のミロシュさんは作曲家、その妻のミワコさんが広島出身の日本人という縁もあって、私の大切な友人だ。「大変な時が来たね。すべては終わる、多くの犠牲を払って……」ゆっくりと深い声で彼は言った。

四月一日、朝八時五分。電話が鳴る。ベオグラードに住む鈴木さんだ。「今朝、ノビサド市の橋が落ちたよ」ドナウ川に架けられていた橋のすぐ側に、彼の妻リュビンカのお母さんの家がある。ガラス窓は一枚残らず割れた。橋には水道管が埋められていた。無事を祈りあい電話を切る。私は無言で水を汲みはじめた。

午後五時、ふたたび電話が鳴る。「あなたの気持ち、わかる。でも今は私、何も言わないほうがいいかもしれない。それより、ゆっくり深呼吸をして」東京から、青い宇宙を越えて届く友の声に、何度も深く息を吸い込む。戦争が始まってから、自分が深呼吸していなかったことを、初めて知った。ありがとう……。すべての気持ちを抱きかかえてくれた沈黙という友の贈り物に、心からお礼を言った。

人とは何か……。答えが正しければ正しいほど、新しい問いを生む永劫の命題。巨大な金管楽器が不協和音を奏でる今もなお、答えを探し続けるほかはない。でも答えはひとりでは見つからない。この世にはどんなに強い力にも壊しきれないものが在る。それを守るために、人には声と沈黙とが与えられていると、春が告げていた。

小さな声、かすかな音

一九九九年四月三日午前三時二十七分。なぜ目が覚めたのかわからない。そのまま、うとうと身体を横たえていると、突然、巨人の冷たい口笛のような音に揺すぶり起こされた。窓はいちめん、怪し気なオレンジ色に光り、そこを大きな鉛筆を水平に倒したような物体が唸り声をたてていく。四時二十八分。思わず、私は何かを叫んでいた。ずしんと、恐ろしい音が地に轟《とどろ》きわたった。血に飢えた怪物が倒れた、そんな音だ。「橋よ、きっと」。我が家の食堂の窓のすぐ向こうに、天を飲み込もうとするような炎が上がり、黒い煙がたちはじめる。「橋ならあんなに燃えない。きっと熱プラントだ」と、やはり眠りを断ち切られた二番目の息子が、炎を見つめながら言う。

それは我が家から二キロほど離れた川岸の熱プラントで、約三十万の家族の家を暖める集中暖房の施設だった。お隣のご主人は大丈夫だろうか。お隣のブラーナさんは熱プラント勤務、戦争が始まって宿直の義務があった。電話を入れる。「燃料タンクが爆撃されたらしいわ。主人は家にいたので大丈夫……」張りつめた奥さんの声がする。二人の小さな娘さんは、すやすや眠っている。よかった。

私はひとりで、窓の向こうの空を眺め続けた。炎は、しだいにゆるやかになってゆき、あんなに黒々と吐き出された煙が、静かに消えてゆく。朝の七時。空は薔薇色に輝きはじめ、柔らかな水色や紫がそこにまざりあっていた。やがて、鳥のさえずりが聞こえはじめ、鳩が姿をあらわす。萌えはじめた木の下に、犬たちが帰ってくる。おそるおそる、自動車が動きだし、人々が歩きはじめて、町はまた目覚めた。

そして私はシャワーを浴びると、朝のコーヒーを入れて、春の空を眺め続けていた。空は何と深いゆるしの心をもっているのだろう。こんなに愚かしくて残酷な人間の業を、その広い腕に抱きかかえ、鳥の声をおくりとどけてくれる。

トマホークが私たちの耳の奥に残した音は、激しい音だった。鳥の声は、小さな声だ。だが、これからの私の命に勇気を与えてくれるのは、激しい炸裂音ではなくて、鳥たちの囁きに違いない。

それから籠をさげて、市場へ出かけた。「こんなとき、植物がたまらなく欲しくなるわ」と、ドラセナの鉢を手にそう言うと、花屋さんが言った。「今朝、男の方がやって来て言ったの。この世で一番美しい花を二輪、選んでほしい。一輪は妻へ、もう一輪は娘に贈るからって。どの花を選んだらいいかわからないほど、胸がいっぱいになったわ」

月曜日の午後、仕事から帰る電車でのこと。切符を買おうとすると、運転手さんは、「今日は、みんなに僕が切符代をプレゼントする」と言ってお金を取ろうとしない。「夜中に、電車の通る音が聞こえると、とっても安心するんです。わかるでしょう、町が生きているなって」と言うと、「家に帰ったら、これで冷たいジュースでも飲みなさい」と言って、やっぱりお金を取らない。電車を降りて、小さなこどものようにディナール硬貨を三枚にぎりしめ、仲良しのお菓子屋さんで、ドロップを買えるだけ買って家にもどると、三人の息子に一人ずつ、この話をしてドロップを分けた。

今日は四月十七日、空爆が始まって二十五日が過ぎた。これまでに発射された巡航ミサイルは千五百発、NATO軍の戦闘機が七百機、ユーゴスラビアの空を延べ六千回以上飛び交ったことになる。投下された爆薬は、五千トン。コソボ地方を中心に放射能汚染を引き起こす劣化ウラン弾が使われている。妊婦やこどもに恐ろしい影響を及ぼす弾丸。四月十六日、コソボ上空で被弾した米軍のA10攻撃機がマケドニアの空港に緊急着陸した、と聞く。これは劣化ウラン弾を装備しているという飛行機だ。

難民センターが燃え、人が死に、幼稚園も学校も病院も壊された。まずノビサド市の橋が落ち、それから無数の橋が落とされ、工場がいくつも焼かれていく。修道院も教会も壊されていく。炭鉱の町アレクシナッツでは、住宅街が破壊され、五百の家族が家を失った。ブラーニェの村では、畑にミサイルが落ち、玉蜀黍の種を蒔いていた十六歳の少女が深い傷を負い、翌日、亡くなった。空爆は、すべての人に平等だった。ロマ人の村もアルバニア人の村もセルビア人の村も、ハンガリー人の村も燃えた。化学薬品工場が爆破されるたび、空も水も地も死を含んでいく……。

山の中を走っていた国際列車も爆撃された。確認された死者は十四人、峡谷を流れる川に落ちて三十人以上が行方不明となった。難民となったアルバニア人の人々の列も爆撃され、七十余人が亡くなった。ＮＡＴＯはこれを最終的には認めたが、戦争には誤りはつきものだ、空爆は続行すると発表した。

しかし、そもそも戦争こそ誤りではないか。地上のどこに、爆弾を落としていい場所があるのか。戦争とは、命を奪い、人々の生活につながる場所を力ずくで破壊すること。誰にそれが許されるのか。大きな力は大きな嘘をつき、小さな力は小さな嘘をつく。いくつもの嘘が重ねられて、戦争は生み出される。そしてこどもたちは裏切られる。これまでに、千人以上の命が消えていった。

空爆が始まってから、ベオグラードの共和国広場では、連日、正午から反戦コンサートが開かれている。人々は思い思いの手書きのプラカードを掲げ、誰が考えついたのかターゲットと書かれた標的のマークを手にしている。僕たち一人ひとりの命が、空爆の標的だという意味をこめて……。そしてベオグラード都心部が初めて爆撃された夜、誰ともなく橋に人々が集まってきて、胸にターゲットマークをつけ、手をつなぎ、夜明けまで歌をうたいながら橋を守り続けた。次の晩、中央駅付近が爆破されると、蠟燭を手に人々が集まりコンサートは深夜の橋でも始まり、それが今もなお毎晩続く。空襲警報下の空の下で。

バルカン半島の民族問題は、複雑な歴史を背景としている。誰が犠牲者か、それを決めることは、この炎のなかに消されていった死者にだけ許されている。世界は裁き手であってはならない。この戦争のあとも、コソボの地で民族の違いを越えて人々はともに生きていくほかはないし、これまでもそうしてきたのだ。

武器によって解決できる問題はひとつもないだろう。生も死も、愛も憎悪も、この土地に生きる者たちの空の下に返すこと、それ以外に何ができるだろうか。アウシュビッツ、南京、ヒロシマ、ベトナム……過ちが繰り返されるたび、それでも人は静かな空を取りもどしてきた。その力はどこにあったのだろうか。続く破壊のなかにあって、新しい命を生み出すこと、ふたたび橋を築くこと。そのために、力の在りかを見いださなくてはならない。大きな声、激しい音には、新しい命を生む力はない。それはすでに過ぎ去ったもの……。小さな声、かすかな音にこそ、力は潜んでいる。耳を澄ますこと、一つずつが少しずつ違う、様々な小さな声を合わせること。そして命を、木を、鳥を、犬を、心から愛している、と証しをたてるとき、私たちは武器に別れを告げることができるだろう。時間は、あまり残されていない。

これを書き終えて、朝が来た。窓を開いて空気を吸い込むと、春の土の香が消され嫌な臭いがして、舌の先が微かに痺れる。黒雲がベオグラードを包んでいく。パンチエボ工業団地のペトロヘミア化学肥料工場が爆撃され、大量のガスが空気に流れ込んでいるのだ。ミナマタ……の文字が頭をよぎる。市場からもどると、肺に軽い痛みと、脱力感を感じた。ノビサドの製油所が攻撃されて、ドナウ川を十二キロにわたり、石油の染みが流れていく。

ボスニア内戦でサラエボをあとにし、自らも難民となったロック歌手ネレは言った。「この戦争は、人生の楽しさを知る哲学と、人生の楽しさを知ろうとしない哲学との戦いだ。コンピュータには測れない魂の深さと、心の広さがここにはある。それは飛行機からは見えない」と。

歌、私たちが光を呼びもどすとき

五月の奇跡

疲れていた。いつ果てるとも知れない空爆。長く続く停電と断水で、疲れていた。十一階まで、真っ暗な闇を水を十二リットル運ぶと、怒りが込み上げてきて、それから悲しくなった。誰もが疲れていた。

一九九九年五月二十日、電話が鳴った。作曲家松下耕さんからだ。彼は、制裁下のユーゴスラビアを家族と一緒に訪ねた。彼の作品「和歌山地方の子守歌」を歌うことになったポジャレバッツ女声合唱団のために、指揮を振ったのだ。まさに彼は遠方より来たる友だった。指揮者のカタリン・タシッチ、団員の少女たち、そして町の人々はどんなにこの出会いを幸せに感じたろう。その幸せを私も分け合った。雪に埋もれた冬の危険な夜道を二時間半車で走り、町に三度通って、日本語の発音を少女たちに指導した。少女たちは、みんな生き生きとしていた。魔法のように、発音は日本語らしくなった。力強い旋律だった。

松下さんは、電話番号が変わっていた私たちを見つけるために、あちらこちらに連絡をとった、と言った。生きていてよかった。ふたたび声が聞けて、どんなに嬉しかっただろう。私の処女詩集『鳥のために』の詩に、混声合唱曲を書いてくださった。その初演がある。それを知らせてくれた。

長いこと、私たちは話した。数年間の空白は、すぐに消えた。どの詩が選ばれたか、と尋ねる。「手紙」、「アンナという鳥」、「木」、「石が泣く」、「街の歌」……。曲は、無伴奏で、ビザンチン音楽が思い出される。空爆の犠牲者のことも、制裁も、そんなことはひとつも話さなくてよかった。音楽のこと、詩のことを話した。遠いところに友があり、言葉と音楽で結ばれていた。それは奇跡だった。

初演は六月七日、大阪。無理をすれば、行けないことはない。パンノニア平原を車で行き、ハンガリーに出たらいい。しかし、なぜか行けなかった。大切な人たちを、あとに残していくことはできなかった。コンサートに集まっていただいた人々に、メッセージを書く約束をする。メッセージを書き終えたのは六月六日で、それまでの数日間にも、遥かな空から投下される爆弾に多くの人々の命が消されていった。

ステファンとダヤナ

五月二十七日。朝のニュースは、めずらしく、空爆の犠牲者を名前で報じていた。それは、小さなこどもたちだったからだ。かわいそうに……。お兄さんのステファンは、一九九一年五月十六日生まれ、妹のダヤナは、一九九四年六月十六日生まれ。一九九九年五月二十七日、ふたりは、おじいさんの住むラーリャ村で、NATOの空爆にあい、あまりにも早く、天国に帰ってしまった。

それが、まさか、私たちの隣人だと、目を覚ましたばかりの私には思いもよらなかった。買い物に出ようとしていたのだと思う。建物の前に出る。木々は枝をひろげ、柔らかい緑の葉を、乳飲み子の手のひらのように開きはじめていた。隣の家族がいた。ボシコくんを乳母車に乗せたお隣の若夫婦だ。いつ終わるとも知れぬ空爆に、とりとめのないおしゃべりをしていた。空気のこと、水のこと、コソボのこと……。

すると、「私たちのこどもが死んだ」と女の人が通りかかった。目を泣きはらしている。「私たちのって？」「あの四階のステファンとダヤナよ。停電が続いていたでしょう。集合住宅の生活はこどもたちにかわいそうだ、とラーリャ村のおじいさんの家に疎開して、そこで亡くなったの」。私たちは、言葉を失った。そして、何も言わずに、それぞれ家にもどった。朝のニュースは、私たちのこどもの死を告げていたのだ。背の高いやさしいお父さんと、やっぱり背の高い、腰までとどく長い髪のお母さんの四人家族だった。ときどきエレベーターで会うと、にっこりと私を見上げていたダヤナちゃんの愛くるしい瞳の光、エレベーターのドアを開けると、待ちきれないように元気に外へ飛び出していったステファンくんの背中……。それが永遠に消えた。

ユーリー・ガガーリン通り二四一番地。私たちの集合住宅は十四階建てで、五月二日から始まった送電施設の破壊のために長い停電が続き、エレベーターは動かず、暗い闇に沈んだ階段を、歩くことになった。建物の入り口に、二人の笑顔の写真が貼られ、死が告げられた。私は闇のなかで手摺《てす》りを伝い、これと同じ手摺りを伝ってやはりステファンもダヤナも、闇のなかを歩いていったのだと思うと、たまらなかった。ひどい火傷を負ったお父さんは、じきに亡くなった。やはり火傷が激しく、命の危ぶまれていたお母さんが、生き残った。独りぼっちになった。

階段、二人の天使

その日も午後四時に、空襲警報を告げるサイレンが鳴った。夜は重たい闇をとどけた。詩は生まれなければならなかった。明かりのない食堂には、私だけがいた。心のなかで、デサンカに、語りかけていた。悲しみの底から希望を、うたわなければならなかった。じっと鳥が言葉をとどけてくれるのを待っていた。

暗闇にゆっくりと手をひろげた。手のひらには、あの階段の手摺りの感触が残っていた。闇から闇を伝うようにして、みんなが上っていく階段……。きっとダヤナとステファンの小さな手も、触れたに違いない闇のなかのペンキの剝《は》げかけた鉄の手摺り……。やがて、ゆっくりと光のように、詩の言葉はやって来た。私は、ハリネズミの燭台に光を灯す。タイプ用紙に、ボールペンで言葉をひとつひとつ記す。それから、何度も、声に出して音楽を調えた。「階段、二人の天使」は、こうして生まれた。闇のなかからさしこむ、一条の光のような言葉を、書きとめた。デサンカさん、と心のなかで呼びかけた。それは、私たちの「血まみれの童話」だった。

それから、大阪へのメッセージを書き上げる。生まれたばかりの詩を添えた。

深い闇から私たちは

「処女詩集『鳥のために』は、消されていく命を記す作業で、それは深い孤独のなかで生まれました。松下耕氏の手で、言葉ひとつひとつに音が与えられ、意味が新たに与えられて、みなさんの声がそれをうたい、みなさんの耳がそれをきく……。それは思いがけない奇跡でした。長い歴史を通じて、つましい力をかさねあわせ、生きる意味を問いつづけてきた、そしてこの炎のなかにあっても、その後の灰のなかにあっても、なお問いつづけなければならない、この地に生きるあたたかな心をもつ人々とともに、心からみなさんに、そして松下耕氏に感謝したいと思います。ほんとうに、ありがとうございました。

光が奪われようとするとき、私たちに残されたものは、言葉、声、そして沈黙です。そこに人の息を吹き込むときに、光を呼びもどすことができる、それを信じて……」

空爆は、それから二日後に停止する。予期することもできなかった。一日一日が、同じ長さの深い闇のなかにあったのだったから。

一九九九年、春

籠にあふれる水仙《すいせん》の黄色、菫《すみれ》の花束。オペラ座の石段に花が並ぶ。一九九九年三月二十六日、ベオグラード。NATO空爆がはじまって三日目の朝。花を摘み、手際よく束ね、空が暗いうちから起き出し、村から重い籠を運んで来た花売りたち。それは優しい奇跡だった。私は仄かに香る水仙を一束えらんだ。

大学の廊下に、人影が消えた。授業は中止、非常事態の下で日直の教師だけが、冷えびえとした建物にいた。「昨晩、そちらは大丈夫でした?」仏文科のイザベラ先生とすれ違い、言葉を交わす。「ふたたび戦争ね。……シーツについたペスト菌は、熱湯消毒をしないかぎり死なない。カミュの『ペスト』の最後、覚えてらっしゃる?」答えのかわり、水仙を一輪、さしあげる。思いがけず、涙ぐんでおっしゃった。「ありがとう。このお花のこと、忘れないわ」

橋が落とされた。病院も学校も爆撃された。季節がめぐり、新しい花が届いた。その朝は、薄紫のリラの花束を買う。「鈴蘭《すずらん》もいかが?」「あしたにするわ」「きょうの花をお取りなさい。あしたの花はきょうの花ではないのよ」言葉に胸を打たれた。そして私たちは名前を告げあう。花売りの女の人はイェレナ、五年前、戦火のサラエボを逃れて来たと言った。

五月、送電所が被爆、水と電気が奪われた。短縮授業がはじまったが、空爆は激しくなり、私の足は花の石段から遠のいた……。

そして六月十日。空爆停止、七十八日の悪夢が終わる。死んだ者たちは、還らなかった。街の初夏の日差しが眩しくて、私は泣きたかった。久しぶりのオペラ座の石段は、薔薇に埋もれている。「カヨ、無事でよかったわ。あなたの言葉、私ずっと忘れないでいたのよ」イェレナだ。「何か言ったかしら?」「この花が私たちを守ってくれるって言ったのよ」「そんなこと言ったかな?」私は朗らかに笑った。

深い闇のなかへ微かな光を放つことが詩人の仕事だと、愛するものたちに告げられ、ひとつの春が遠くに過ぎ去ろうとしていた。

隠された声たち——人間らしい人間のために

難民となった人々を支える仲間たち「ZDRAVO DA STE《ズドラボ・ダ・ステ》」に、空爆反対デモを東京の大学で行うのでメッセージを送ってほしいとのEメールが届いたのは六月一日。ベスナ・オグニェノビッチと私は、空襲警報下で文章を生む作業をはじめた。五月から繰り返された変電所爆撃で、水も電気もない日が続いていたときだった。

石畳の坂道を下ったところに、私たちの事務所がある。古びた集合住宅の二階のフラットだ。苔むした中庭があり、非常時を知らせる空襲警報のサイレンは、ここに取り付けられていた。ベスナは言った。「あのね、ここの空襲警報は、凄まじい音なのよ。驚いたりしないでね」「それなら、私も随分慣れたから、平気よ」と答えた。と、地の底から轟くように、サイレンが鳴りはじめ、私は思わず、飛び上がってしまった。ほんとうに、恐ろしかった。しばらく震えが止まらず、仲間が少しだけ笑った。

私たちは、メッセージを書き終え、それぞれ危険を考え、家に急いだ。メッセージは翻訳し、家から東京へファクスした。六月三日のことだ。こんな文章だ。

大きな声にさえぎられた小さな声、隠された言葉に、耳を澄ましてほしい……。今ここで、未来は私たちに何ひとつ約束しようとはしない。暴力と恐怖が、大きな声をたてている。

*

一九九一年九月、ユーゴスラビア内戦がはじまって以来、私たちは幾度も訴えてきた。いかなる戦争も、まず最初に、こども時代を踏みにじる、と。戦火のなかに、こどもでいることは、目に見えないところに隠された、深い苦悩を意味している。孤独、不安、こどもには重すぎる心配、悪夢、世界を知る喜びのかわりに、恐怖に呼び覚まされた好奇心……。喜びは凍結され禁じられる。生きる喜びが断ち切られてしまう。

こどもたちに、これとは別の未来はありえないのだろうか。いや、別の未来があるはずだ。そして……。耳を澄ましてほしい、じっと耳をかたむけてほしい、こどもが何を語ろうとしているのか聞いてほしい。耳を澄まして、新しい意味を見いだしてほしい。耳を澄ますこと、それは未来を聞くこと。今ここで、私たちは戦火のなかに生きている。夜も昼も、非人間的な声が響き、私たちの命を脅かす。だが、それでもなお、人として生き続けたい。

今日のユーゴスラビアには、旧ユーゴスラビア内戦で難民となった約五十万人も、運命をともにして生きている。クロアチア、ボスニア・ヘルツェゴビナ共和国から戦火を逃れ、平和の地を求めて、故郷を去らなければならなかった人々だ。彼らの名前がはっきりと語られるのは、被爆して亡くなったときだけだ。そればかりか記されない死、語られない死さえも無数にある。まるでこの世に存在しなかったかのように。そして死者は何も語ることができない。

それでは、これまでの内戦を生き抜き、今ここに生きる難民の人々は、どうだろう？　一つ、二つ、三つの戦争を生き抜いて、そして四つ目の戦争を生きている彼らの声も聞こえない。人々の声は隠され、圧し殺されている。声たちが、何を語るのか。果たして、声たちは何かを語りたがっているのか。誰かに、私たちに、そしてあなたに語りかけることに、意味を感じているのか？　耳を澄ましてほしい、じっと耳をかたむけてほしい、声が何を語ろうとするのか。耳をかたむけて、新しい意味を見いだしてほしい。耳を澄ますこと、それは未来を聞くことなのだから。

「ZDRAVO DA STE」の仲間は、一九九二年一月、旧ユーゴスラビアの内戦が始まったとき、次の基本理念を掲げ活動を始めた。

命はそれ自体に価値があり、命には先へすすむ力がいつも残されている。命には、命を聞き、命と出会い、命を感じる、ほかの命が必要だ。すべてが失われたように見えるときにこそ、ここにも命があると示す価値がある。

この言葉には、一九九九年六月の今も、深い意味があるだろう。空襲警報と炸裂音の間で生きるすべての者に、あなたの手をさしのべてほしい。一緒に考えてほしい、この地で生き続ける私たちの心に、この空爆の体験が一生癒すことのできぬ傷を残したりしないように、こどもたちが心の傷を負ったまま大人になったりしないように、一緒に考えてほしい。私たちに何ができるのか。

＊

空爆は、それから数日後に停止した。一九九九年六月九日。和平案は調印され、七十八日続いた空爆が止んだのだ。昼間だった。時間は、はっきり覚えていない。何度も聞いた、あの長く平板に続く警報解除のサイレンだったが、美しく晴れた空が、張り裂けそうになって、心の底から泣いているように思われた。いくたびも使われた誤爆という言葉の裏側で、数千もの命がこの地から奪われなければならなかった本当の理由を、私たちに告げることのできる者はいない、それが残された真実だった。

昨日まで空から死の種を蒔き続けたNATO諸国軍が、平和維持の名のもとにコソボに到着する。アルバニアからは解放軍を名乗る兵士がなだれ込み、セルビア系住民が難民となり故郷コソボを離れていく。重い時代が訪れた。

五月二十七日、私の住む集合住宅の四階のステファン君（八歳）とダヤナちゃん（四歳）兄妹は、疎開先のラーリャ村の祖父の家をミサイルが直撃、亡くなった。誰の手も二人の眩しい笑顔を私たちに返すことはできない。

空爆停止となった六月九日の午後、仕事を終えて町に出ると、光が眩しかった。あんなに張りつめていた空気はやわらぎ、町を行く人たちは、急がなかった。ゆっくり歩いていた。マケドニア通りを歩いていたのは、きっとステファンとダヤナに捧げた哀悼の詩の原稿をとどけるため、新聞社へ向かっていたためだったろう。途中、化粧品を売る店の前で、女の人がコンパクトの色を太陽の光の下で注意深く比べていた。洋服の生地を売る店には、木綿のプリント地がとどき、ショーウインドーが華やいでいた。ああ、終わったのだ。それから、懐かしい町に帰った旅人のように、ゆっくりとバスストップに歩いていった。母親が少年を乗せた車椅子を押して坂道を上っていく。この二か月半、二人にはこんな散歩はなかったことだろう。

バスに乗る。もう橋をわたるときに、爆弾で落とされるのではないかと、緊張することもない。七色の光が、バスのクリーム色の壁に反射した。私の胸のペンダントが放つ光だった。ぼんやりと、その光に見とれていた。なんて、美しいんだろう、と。

その翌朝、日本からジャーナリストが何人か、電話で連絡してきた。テレビのために収録した二分間は、七十八日を語るのにあまりにも短かった。何か私の知らない文脈があって、伝えたかったことは、その外にあった。今の政権が倒れるかどうか、それは私には、どうでもいいことだった。

旧い友だちのナターシャに電話をかける。この気持ち、何と呼んだらいいんだろう。インタビュアーたちが恐らく私から聞きたかった「喜び」ではないことは、はっきりしていた。「何だか、悲しいわよ。ねえ、名付けがたい悲しみ、そうでしょう。喜ぶ気持ちにはなれないわね」と、彼女は言った。自分の身体にのしかかる気持ちを何と呼べばいいのか、やっとわかった。それは、悲しみなのだ。

深い悲しみのなかにあっても、未来に耳を澄まし、隠された声を聞き、声を重ね合わせていくほか、何ができよう。透きとおった風の夏が、そこまで来ていた。

バスの伝説

二〇〇二年の暮れのパーティーだったと思う。日本から帰ったばかりの心理学のゴルダナ先生がおっしゃる。「空爆のときに、路線バスの運転手さんが、あなたの詩を窓に貼って運転していたの、ごぞんじ？　東京に行ったときに、ユーゴスラビア文学翻訳家の田中一生さんにお会いして、彼にもお話ししたわ」とおっしゃった。「ええっ、どの詩かしら？」

空爆のとき、日記が書けなかった。そのかわり次から次へ詩が生まれた。空爆中にセルビア語で発表したのは二つだ。三つ目は空爆の犠牲者となった小さな兄妹に捧げた「階段、二人の天使」で、空爆停止直後に新聞に掲載された。どれだったろう？

死の可能性、それはＮＡＴＯが私たちに与えた完璧なる平等だった。次の瞬間に死ぬとして何を言葉に残せばいいか……。それが絶えず問われ、言葉はぎっしりと凝縮され、詩の言葉は短くなっていく。残された時間は、ない。それまでは、自分の詩は、ずっとあとでセルビア語に訳していたのに、日本語ができると、すぐに訳していった。私を取りまく大切な者へ、遠くにいる見知らぬ者へ、言葉を伝えたかった。

文学者協会主催の反戦集会は、連日正午に繰り返された。それに呼ばれた日、私は詩人だから詩を朗読することとし、書きあげた「祈り」と「童話」をセルビア語と日本語で読みあげ、その場所には残らず、あたたかな拍手のなかをゆっくりと立ち去った。私の詩を、いっしょうけんめいに書き取り、インターネットで流した若い記者もいた。言葉が、私たちは欲しかった。互いに、言葉を分かち合いたかった。

バスの窓に貼られたのはどの詩だったのだろうか。それにしてもすてきな話だ。私の詩でなくたって、誰の詩であってもかまわない。なんと、あどけないバスだろう。そんなバスに乗ってみたかった。運転手さんに、新しい詩をとどけたかった。しかし、私たちのバスの伝説はここで終わる。

あのときは、すべてが削ぎ落とされ、何がいちばん大切なのかが鮮明に見えた。人と人がともにあること、心に思い描く友があること、人を結ぶのは、まぎれもなく言葉であること。あのときほど、言葉に力を取りもどそうとしたことはない。季節は、春の終わりだったはずだ。バスのなかに微風が流れこんできたはずだ。

Ⅶ

泳ぐ花嫁

本という贈り物

小さな箱を探して

二〇〇三年が明ける。たった十日間の、一九九九年の夏から四年ぶりの、一時帰国の旅を終え、ベオグラードに戻った私は、バスコ・ポパの詩「小さな箱」が読みたかった。東京でスラブ文学の研究家から、ペンギンブックスのアンソロジーにも収められたこの作品が、とてもいい、と伺った。セルビア現代詩を代表するバスコ・ポパ（一九二二〜一九九一）は、早くから各国語に紹介され、世界の現代詩にとっても鍵であり続けるはずの詩人である。

部屋の本棚の詩集を調べる。一九七九年十月、サラエボに留学してきた私が、みんなに薦められ、最初に求めたのは『ポパ選集』だった。野原に狼が赤い舌を出し、森には黄色の球体に青い手のひらが浮かび、巨大な巻き貝がその横に並び、空には薔薇の花が開き、真ん中から大きな瞳がじっとこちらを見つめている……。表紙は、エミル・ドラグリの抽象画だ。この一冊を持ち歩いていた。陽のあたるキャフェのテラス、公園のベンチ、仲間に頼んで音読してもらい、言葉をひとつひとつ説明してもらっていたから、万年筆の書き込みがある。同じ版のもう一冊は、ポパ自身の署名入りで、カヨコ・サイキ（私の旧姓）のためにと書かれ、一九八〇年冬と記されている。ユーゴスラビア文学翻訳家田中一生さんが、日本文学研究家の故デヤン・ラジッチ先生のお宅でポパと会い、そのときにポパが私にと託してくださったものである。だが、この版には「小さな箱」はなかった。

翌日、哲学部のあたりの路上に並ぶ古本屋で聞いてみた。大きなベニヤ板に本を並べる男、果物の空き箱に本をぎっちり詰めて売る男、鉄製の屋台に店を構える男……。零下五度の外気のなかで、毛糸の帽子にマフラー、ポケットに手をつっこみ、足ぶみしながら客の来るのを待ち、一日を過ごす。本売りには、若者にまじって働き盛りの人も多い。失業して、今は、本を売って暮らしているのだろう。その一人に尋ねると、自分のところにはないがと言って、仲間に聞いてくれ、何冊かポパの詩集を見せてもらった。真っ白だったはずの表紙は、埃で薄汚れている。が、昔ながらの活版印刷で、本の装丁も実にしっかりとして気持ちがよい。「小さな箱」はどこにも見つからないが、思わず、一冊を買い求めた。

そして哲学部の一階にあるプラトー書店を探す。この本屋ができたのは、一九九〇年代、経済の自由化がはじまったころだった。それまでは珍しい個人経営の書店として出発、古本も新刊書も取り揃えて、CDなども並べ、コンピュータによる検索をいち早く取り入れた店だ。ポパの詩集を見せてほしいと頼むと、店員の青年は、コンピュータのキーボードを叩くかわり、店の奥に行き、しばらくして、これでしょうかと言って、分厚い一冊をもって来てくれた。全作品が収められている、と言う。あった、「小さな箱」の連作。青年にお礼を言い、レジでお金を払う。本は私のものだ。外に出る。冬空が高い。

部屋に帰り、お茶を入れて、詩集を開いた。『ポパ全詩集』、教科書出版会とポパの故郷の文学者協会「ブルシャツ美しき町の会」による共同出版。日本の人口のわずか十分の一足らずのこの国で、発行部数が千部。しかも初版は国が戦争や国連制裁で疲《ひ》弊《へい》していた一九九七年、これは再版だ。本が愛されている国だ、と改めて思う。全詩集からは、懐かしい題名が、瑞々しい樹木の林のように立ち上がり、小さな遠い旅に私を誘っている。「小さな箱」探しは、忘れていた本の喜びをとどけてくれた。

燃える本

本と出会う幸せ……。まだこどもだったとき、少女だったとき、そして大人になった今も、それは思いがけないときに、やってくる。そして、本、この言葉を聞くと、浮かび上がるひとつの情景がある。

九年ほども前のこと。オジャツィというユーゴスラビアの北の町で、俳句の会があり、私も招かれた。ライラックの花が香り、町は祭りで人が集まり、市が立ち、初夏の陽光が眩しかった。夕食会が始まる。どこかしら輪に溶け込めないでいた私は、リアナ・トパロビッチという年配の女性の隣に席を見つけた。彼女は出会いを喜び、女性誌に掲載された詩のコピーなどをくださり、長い話がはじまった。

彼女は、ボスニアのセルビア人居住区の町ブラトゥナツの図書館で働いていると言った。ブラトゥナツといえば、その冬、ムスリム兵たちがなだれ込み、たいへんな虐殺のあった村だ。世界のメディアが黙殺した悲劇……。

激しい戦いだった。あとからセルビア人の兵士たちが、町を守るためにやって来た。図書館も学校も、動員された若い兵士の臨時の兵舎となる。凍てつくような寒い夜、兵士たちは、薪のかわりに書棚の本を集めて火をおこし、暖を取りはじめる……。

「何ということをするの、すぐに止めてください、と、私は叫びました。戦争とは、恐ろしい。本を燃やしているのは、味方の兵士、若い人たちです。味方も敵もない、戦争は人を狂わせてしまう」と、彼女は言った。

娘たちは結婚し、ベオグラードに住む。お孫さんもいる。ご主人は内戦の前に亡くなり、一人になった。なぜ、安全なベオグラードに来ないのかと尋ねると、娘には娘の生活があるし、あの町に残って図書館の仕事を続けます、と、にっこり微笑んだ。町にも、まだ多くのこどもが残っている、若い人に本の楽しさを伝えておきたい、とおっしゃる。それは愛だ、と私は感じた。戦火のなかにとどまり、日常のなかに小さな幸せをみんなで見つけ出していく勇気、それを愛と呼ぶしかないではないか。

紙切れに名前と住所を書き付け、いつか私たちの図書館に来て、みんなに日本のことを話してくださいね、とおっしゃった。きっと、また会いましょう。私は、その紙片を、押し花のように住所録に挟み、大切にしていた。が、約束は果たせなかった。

二〇〇〇年の春、友人が内戦のあとのボスニアの町を巡ることになり、ブラトゥナツにも行くと言う。トパロビッチさんを探すようにお願いした。旅から帰った友人は、一九九五年、NATOがボスニアのセルビア人居住地域空爆で、劣化ウラン弾を使用したが、被爆の後遺症か、爪が剝がれていく奇病にかかったこどもがあり、その家族を訪ねたことなど、話してくれた。それから、と言った。トパロビッチさんは亡くなったよ。図書館は、投宿したホテルのすぐ近くだった。町では誰もが、彼女のことを知っていた。最期は、食べるものもろくにない、壮絶な死だった。化学兵器で命を蝕まれていくこどもたち、図書館を守りながら餓死した彼女……。友人の報告は、一枚の写真のように、私の胸に焼き付けられた……。

新しい世界を開くとき

さて、ふたたび今。東京から帰ると、ベオグラードは雪だった。お正月とセルビア正教の降誕祭の休みも終わり、久しぶりに私は教室にもどる。この日の日本語の授業で、学生たちと本について語りたかった。「一番最初の本の記憶は、三つのとき、絵本のアンデルセン童話集です。はじめは父と母がかわるがわる読み聞かせてくれ、そのあとは一人で読みました」とディヤナは言った。アナは、六つのときに読んだ『星の王子さま』が懐かしい本で、帽子の絵をよく覚えていると言う。この国の生活はけっして楽ではない。本は安くない。学生たちは、友だちに借りたり貸したり、図書館を利用したりしている。「本は高いです。でも、私は本を買います。本は洋服より大切です」と、アナは言った。

みんなは、一九八一年生まれ。それは、私が長男を出産した年でもある。ティトー元帥が死んで一年、それでも、ユーゴスラビアは六つの共和国からなる多民族国家として、明るい力に満ちていた。東西のブロックに与せず、非同盟、労働者自主管理を唱え、独自の社会主義国家を築いているという自負があった。東へ西へ査証なしで行けるパスポートは、国民の誇りだった。が、ベルリンの壁が崩れ、東西冷戦構造は消えた。一九九一年に内戦が勃発、この地に血まみれの解体劇が始まる。国連制裁、難民……。一九九九年春には、私たちの住むベオグラードも、NATOによる空爆を経験する。そして、二〇〇〇年の政変。乱暴に資本主義の波が、押し寄せてきた。

みんな大変な時代を生きてきたことになるけれど、その間に本はどう変わったかと問うと、サーニャは、文学が暗くなったと言った。戦争は避けられぬテーマとなる。アナが、若い作家アルセニエビッチの作品は、戦争で無気力になった人々を描き、私たちの時代の代弁者だと言うと、クロアチア内戦で自身が故郷を失ったアンドレアは、昔の本が好きです、だって私は戦争のなかにいたから、現代の戦争の話は読みたくない、と言った。

日本の文学について尋ねる。「北野武の映画もそうですが、色も景色も、ヨーロッパの文学と違います。自然の描写が詳しくて、それが人の気持ちを表しています」「世界を観る眼が、違います……」違いは美しかった。みんながセルビア語の訳で読んだものには、「蜘蛛《くも》の糸」などを収めた芥川の短編集、三島の『午後の曳航《えいこう》』、川端の『美しさと哀しみと』、大江健三郎の『死者の奢《おご》り』にまじって、芭蕉《ばしょう》や蕪村《ぶそん》の句集などがあった。日本の若者に読ませたい作家としては、キシュ、パビッチ、デサンカ・マクシモビッチなどの名前があがる……。みんなの声には、贈り物をかわす人々の優しさがあった。

本とは何か、と最後に聞いた。本は豊かさ、本は文化、本は美しい気持ちを目覚めさせるもの、本はもうひとつの人生、本は発見、発見の喜び。自分の気持ちが知りたいから本を読む、本は新しい世界を開く……。今年はじめの授業で、みんなの顔が輝いていた。本を愛する仲間に囲まれていて、よかった。

二〇〇〇年の政変あたりから、ユーゴスラビアの出版界は、これまで無縁だった商業化の道を辿りはじめた。売れるかどうかが、新しい基準になる。大手の出版社は、経営難から、社屋とともに売りに出された。本作りが、難しい。『ハリー・ポッター』やオリバー君の料理本など、英語圏のベストセラーが、ここでも売れていく。本当に読みたい本は、路上の青空本屋にあることが少なくない。

セルビアの抒情詩人ステバン・ライチコビッチ氏は、「文学にとって大変な時代が来る。質より量が押し寄せる。何が良いものか、それを見いだすことが困難になっていく」と言った。編集者として、数多くの名作を世に送り出した人である。質から量へ、活版からデジタルへ……。本から、人の吐息、手の力が消されていくのを、悲しみ、危険に思う仲間は少なくない。だが、人が言葉を持つかぎり、人が言葉で心を繋ぎあうことを忘れないかぎり、本は生まれ続けるだろう。それは世界という「小さな箱」を、光で満たす作業だ。そこには、国境も終わりもない。

小さな箱　　バスコ・ポパ

小さな箱にさいしょの歯がはえる
小さな長さがそだち
小さな幅も小さな空虚も
あるものすべてがそだつ

小さな箱はもっとそだち
箱のなかには箱があった
戸棚がある

もっともっともっとそだち
箱のなかには部屋も
家も町も国も
いつか箱があった世界もある

小さな箱はこども時代を思い出す
あんまり懐かしがりすぎて
ふたたび小さな箱になる

今は小さな箱に
ちっちゃな世界がすっぽりはいる
楽にポケットにはいり
楽に盗み出せ楽に失くせる

小さな箱を大切に

そして島は漂いはじめた——映画「アンダーグラウンド」

　ジプシーの楽隊が鳴らす、地の底から噴き出すような音楽で、物語は始まる。一九四一年、ナチス占領下のベオグラード。闇屋で詩人のマルコは、パルチザンの家族や友人を地下室に匿う。そこで彼らは、闘争のために武器の製造を始める。この崇高な活動は、戦後も続けられる。彼らの命の恩人マルコが、戦いはまだ終わっていないと告げたからだ。

　共産党の幹部となったマルコは、地下の製品を横流しして私腹を肥やす。地下の住人には、彼の親友クロもいた。マルコに説き伏せられ、彼はファシズム打倒を夢見て暮らす。マルコは、クロが想いをよせるナタリアをくどき落とし、結婚する。そしてふたりは、地上の豪華な部屋から地下室へ、住人たちに食糧を供給し、空襲警報のサイレンを鳴らして、拡声器から「リリー・マルレーン」を流し、完璧な戦時を演出する。二十年が過ぎ、地下ではクロの息子の婚礼が始まる。その騒ぎに紛れ、クロと息子は祖国を解放しようと、地上に脱け出る。そして、ナチス支配が続いていると確信する……。ドナウ川の岸辺で、パルチザン闘争をテーマに映画が撮られていたのだ。

そして、さらに三十年の歳月が流れる。過去の愛国者たちは、それぞれ、ユーゴスラビア内戦に巻き込まれていく……。これ以上に悲しい喜劇を私は知らない。エミル・クストリツァ監督のカンヌ映画祭グランプリ受賞作品「アンダーグラウンド」（一九九五）である。

ナチスの空爆によって、瓦礫と化した動物園を、虎が這い回る。空に鳥がざわめき、人々が逃げ惑う通りを檻から逃げ出した象が歩く……戦争だ。

「これは君の部屋だ。この建物も国も空も、太陽も月も星も……」と、マルコがナタリアに恋を囁きはじめると、凄まじい爆音に壁が揺れた。今度は、連合軍がナチス占領下のベオグラードを爆撃したのだ。激しく揺れるシャンデリアの下で、ナタリアはマルコに言った。あなたは、何て美しい嘘をつくの、と。

マルコ、クロ、ナタリア……それぞれ嘘をつきながら生きるこの三人にはそれぞれ、純粋無垢な肉親があった。マルコには、吃音症の弟、動物園で働くイバンがいる。「ぼ・ぼ・ぼく、も・も・も・もう人間が見ていられない」と首吊り自殺を図ったが、兄に説得され、チンパンジーのソニーとともに地下の住人になった。ナタリアには足の不自由な弟がいた。クロの一人息子ヨバンは、大人になっても、月と太陽の区別がつかないほどあどけない。マルコ、クロ、ナタリアが嘘をつき、国家が、世界が、騙しあい欺《あざむ》きあうなかで、神様は、イバンたちには清らかな心を与えたように思われる。身体や心の傷と引き換えに。

「僕は生きる希望と笑いと喜びの力が、世界で一番強い国に生まれた。そして悪も、ここでは力強い――その担い手であれ、犠牲者であれ。（……）僕は恐ろしい戦争のなかで燃えていく国に生きている。歴史に関わる問題だけではなくて、そこに生きる人間について語る物語を、僕は探していた」とクストリツァは言った。これは命についての童話なのだ。

地下の婚礼で、花婿が地上へ去ったと知った花嫁は、井戸に身を投げる。この井戸はドナウの緑の水に繋がる。物語の終わり、それぞれ悲惨な死を遂げたはずの仲間たちが、魚のように水を泳ぎはじめた。そしてドナウの岸辺に、ふたたびクロの息子の婚礼の宴がはられる。ジプシーの楽隊の音楽に、みんなが輪になって踊る。

「僕たちの国はもうない。だけどいつか、おとぎ話を聞かせるように、こどもたちに語るだろう――昔々、あるところにひとつの国がありました、と。痛みと悲しみと喜びをもって……」イバンの言葉に――もう彼は吃らない――「この物語に終わりはない」の文字が重なる。川岸の草地は、踊る人々を乗せたまま、ゆっくりと切り離されて島となり、ドナウ川を漂いはじめた。

私たちが愛した国は消えた。しかし、クストリッツァの描いた緑の水は、命を育む羊水であり、命を甦らせる天国なのである。天か地か、ではない。私たちには、果てしない水が残されているのだ。

おわり、或いは、あたらしいはじまり

一九九四年、冬の日、雪にうもれたボゴバジャ難民センターを仲間と訪ねたときのことを、今、想い起こしている。ワークショップ「黄金の魚——谷川俊太郎の詩による」を、仲間とおこなった。六十人はいたろうか。けっして大きくない広間には、おじいさんやおばあさん、そして小さなこどもたちが、たくさん集まってきて、大きな輪をつくった。最初に、私が日本語で朗読する。はじめて聞くであろう日本語の響きを、音楽のようにうけとめ、みんなはじっと耳を傾けてくれた。それから、仲間がセルビア語訳を朗読すると、言葉に尽くしがたい溜め息に、空気が動く。まず、小さな輪に分かれ、詩を読み直して語り合う。それをそれぞれのグループが、無言劇やお話、大きな絵など、思い思いの方法で表現した。

最後に、広間はあたたかさに満たされていた。誰もが、別れがたい気持ちに、すぐには、ここを立ち去れないでいる。おばあさんの名前は、たしかソーカさんと言った。後片付けをしている仲間のところにやって来て、遠慮がちに、「ねえ、詩をひとつ、もらっていいかしら」と言った。谷川俊太郎さんの連作「ポール・クレーの絵による絵本のために」のうち、「雪の降る前」と「階段の上の子供」と「黄色い鳥のいる風景」、そして「黒い王様」と「黄金の魚」のセルビア語訳を、クリーム色、黄緑、淡い桃色、水色と四色の紙にコピーしたものを、私たちはこの日のワークショップで使った。「もちろん。どうぞ」と仲間が言うと、ソーカおばあさんは大切そうに、一枚選んで、それを注意深くたたみ、エプロンのポケットにしまったという。仲間のイェーツァが話してくれたのだけど、ときどき、その光景がくっきりと浮かぶ。ソーカおばあさんのきれいな笑顔が、はっきり見える。「実は、おばあさんは、田舎から来た人で、字が読めないの。それでも、とても喜んでいたわ」と、イェーツァがしみじみと語ってくれた、あのときの声も、耳のおくに残っている。

谷川俊太郎の「黒い王様」という詩について、書きとめておきたい。

黒い王様

おなかをすかせたこどもは
おなかがすいているのでかなしかった

おなかがいっぱいのおうさまは
おなかがいっぱいなのでかなしかった
こどもはかぜのおとをきいた
おうさまはおんがくをきいた
ふたりともめになみだをうかべて
おなじひとつのほしのうえで

ワークショップのあと、広間に残っていたこどもたちに、「谷川俊太郎さんに、お手紙書いてみる?」と言ったら、「ぼくが書くよ」と、八歳だったサーシャ君は、群青色と水色のマーカーをとり、一気に絵を描き上げた。青い宇宙に、太陽がかがやき、そこに男の子が立っている。そして、裏に、こんな手紙を書いた。

「詩人のおじさん、とてもきれいな詩を書きましたね。ぼくは、男の子が、星にすんでいるのが気に入りましたけど、太陽も星です。男の子は、太陽にすんでいて、太陽のようにあたたかい、そして太陽は、男の子になんにもできない。男の子は地球をあたため、人々をあたためてあげるのだから」

何と、力強い返歌だろう。ワークショップの小さな輪のなかでは、サーシャは「ぼくは太陽のこどもだ。だから、燃えつきることがない。ぼくは、みんなをあたためる」と言ったと聞く。

詩は、私たちの命のなかから織り上げられ、またそれぞれの命のなかへ帰っていく。そのために、詩人という身体がある。この事実を、私に教えてくれたのは、ほかの誰でもない、ソーカおばあさんとサーシャ君だったと思う。

戦争に翻弄されていく「私たち」を記しておこうと、ユーゴスラビアの人々の声を聞き書きした『解体ユーゴスラビア』から、十年あまりの歳月が流れてしまった。あの方法をふたたび取ることは不可能であり、私自身もそれを必要としなかった。言葉が音楽のように響き、あなたの耳のおくにそっと残る。言葉がいきいきとした映像のように動き、あなたが瞳を閉じると、鮮やかな残像が浮かびあがる。そんな記述の方法を見つけ出し、決して簡単ではなかった私たちの「時代」を記録したい……。そんな想いで、一九九〇年から二〇〇三年にかけて、ベオグラードで書かれた文章を集めた。新たに手を入れ書き直し、書き下ろしも加えた。

『そこから青い闇がささやき』をまとめる作業は、この国の歴史の断片を記す仕事でもあり、そこに生きていた私たちの軌跡を、私という身体を通して記録することでもあった。文章のいくつかは、私たちの命がたいへんな危険に晒されているところで生まれた。とりわけ、NATO空爆の下で書いたものは、これが最後になるかもしれない、という緊張感のなかで記したものである。空襲警報のサイレンや、激しい爆音のあと、震えが止まらないでいる私は、東京から送られてきたファクスで編集者と校正のやりとりが始まると、思いがけない明るさを身体に取りもどした。それは奇跡と言ってもいい。あらためて、言葉の力の瑞々しさを知らされた。

言葉に力が潜むのは、人と人を繋げることができるからだ、と思う。「ここにも、人が生きているよ」と、暗闇から光を放つこと、それが言葉を発することの、一番目の意味だった。絶望から私たちを救う言葉が、あるのだ。

この冬、国名が変更、セルビア・モンテネグロとなり、ユーゴスラビアは世界地図から消えた。だが、私たちは在り続ける。

生まれた文章が書物の形をとるためには、いくつもの出会いがあった。この本をまとめることをすすめてくださった河出書房新社の木村由美子さん、ありがとうございました。詩人白石かずこさんをはじめ、ひとつひとつの文章を通して出会った編集者の方々、日本とユーゴスラビアのかけがえのない仲間たちの友情がなかったら、この形で言葉を織り上げることはできませんでした。そして、今は天国にすむ須賀敦子さん、本になるのが遅れてごめんなさい。

この本をまとめる作業が終わりかけた三月、あの私たちの一九九九年の春が、またべつの国で繰り返されていた。そして私は、こどもたちのことを想った。おわかれの前に、うまれたばかりの詩をおとどけする。

壁、太陽とこどものある情景

ひだまりに
かべはこどもを
よびよせた

おんなのこは
おまえに
おおきな木をかいた

おとこのこは

おまえに
耳をあてて
かんじているよ
おまえのむこうに
うまれるせかいを

いつの日か、夏草のような言葉を携え、ふたたびお会いする日まで。

二〇〇三年五月二十日　ベオグラードにて

山崎佳代子

文庫版『そこから青い闇がささやき』によせて

青い闇に、胡桃《くるみ》のような大粒の星が瞬いている。思わず、腕にかかえていた薪を地に置き、夜空を仰ぐ。四月も終わろうというのに冷え込み、聖堂のストーブには赤々と炎が揺れる……。今年の復活大祭の週間を、ボスニアの寒村メドナの女子修道院で過ごした。仲良しのミレニア夫妻の車で、セルビアから車で九時間あまり走り続け、村道を辿りはじめると、空は群青色に染まりかけていた。森の中から、聖堂が現れる。ステファニア女子修道院長が宿坊の階段を駆け下り、私たちを迎えてくれた。

修道院は、柔らかな落葉樹の森に囲まれて、あたりを三百六十もの小さな清流が流れていく。宿坊の窓から、小川のせせらぎが聞こえるが、森は水を見せない。薄闇には十軒ほどの家が見えたが、夜に灯がともるのは三軒だけだった。翌朝、聖体礼儀のあとで、森の道を辿った。数年前まで村に分校があったが、児童がすっかり減って閉校になった、と村人が言う。羊飼いの若者が、広々とした草地で羊を飼っている。羊は七百五十頭いる、と言う。ニコラ神父が、ガールフレンドはいるか、と聞くと、頬を真っ赤にして恥じらうように、いないと答えた。あとからステファニア修道院長が、恋人とか許婚《いいなずけ》とか、上品な表現があるでしょうと言うと、彼に分かりやすく言わなくてはね、と神父は笑う。黒々と耕された土が陽光を浴び、初夏を待っていた。その晩、村人と話すと、若い娘はみんな都会へ出て行ってしまいましたよ、と真面目な顔になった。

大金曜日の午后、修道女見習いのネデリカの運転で、墓地の裏の森へ出かけた。高等医学校を卒業したニージャ、薬学部二年生のカタリーナ、二人ともバニャルカから手伝いに来た。若い人と一緒に、染め卵を飾る草花を集めた。山林檎が淡い桃色の花をつけ、朽果てた水車小屋の傍らを、水が勢いよく流れていく。こんなに沢山の鳥たちの声を、一度に聴いたことはかつてない……。この村も、ユーゴスラビア解体、ボスニアの内戦で戦場となった、という。わずか十四キロほど離れたムルコニッチ・グラードでは激戦が続き、多くの犠牲者を出したそうだ。報道されず、私たちの知らない虐殺事件も数多くあった。戦火を逃れて難民となって国を去り、外国に移り住んだ人も多い。戦争が終わった今も、経済はすっかり破壊されて仕事がなく、若い家族が次々に村を去り、ヨーロッパへ出て行く。パンを求める果てしない旅だ。

復活大祭で修道院へ手伝いに来たミリャナは、二十七年前にボスニアの内戦で難民となってノルウェーへ移住、今はオスロに住む。インテリア・デザイナーだったが、今は医療関係の仕事をしている。オスロにもセルビア正教会があり、信者は七千人もいる、という。ユーゴスラビア内戦で移民となった人がほとんどだが、セルビア人の他に、ウクライナ人、ロシア人、ノルウェー人も祈りに来るそうだ。息子たちも大人になり、孫たちも生まれた。彼女は大きな鍋で野菜スープを作りながら、「孫が生まれる、これ以上の喜びはない。そうでしょう」と、言った……。彼女の生まれた村は、クロアチア領のヤセノバッツの近くにある。第二次世界大戦、ナチス・ドイツの衛星国だったクロアチア独立国が、セルビア人、ロマ人、ユダヤ人を収容した強制収容所があり、大虐殺が繰り広げられた場所だ。

ミリャナの少女時代は、哀しかった、という。酒におぼれた父と三人の幼い子供を残して、母は去った。兄とミリャナと弟は、毎日、近所の農家で働いて日々の糧を得て、大人になった。母は生きているけど、私にとって母は死んだのと同じこと、と彼女は言って、サラダの準備をはじめた。ミレニアが竈に薪をくべて大鍋に玉ネギの皮を入れて、卵を染めていく。二百五十個もある。

私は、一時間ほどかけて、四つの籠を村の野原で摘んだ野花で飾り終えた。楽しい色合いでいいわね、とステファニア修道院長が言った。明日、染め卵を入れればいい。だが翌日の大土曜日、食堂のテーブルに、空っぽの四つの籠がある。飾りの野花も蔦もすっかり取り去られていた。まさか……。草花に沢山の蟻《あり》がたかってしまってね、やり直しだ、とニージャが言う。森の花々は、裏庭に捨てられた。残念だが、仕方がない。人生には、そうしたことは多い。虚しさと向き合うのも、悪くない。オリーブの葉をしきつめ、菊の花をあしらい、染め上げた卵を並べた。戦禍の後に二十七年を経て、やっと穏やかな日々を取り戻した土地の人々の運命に思いを馳せた。壊すことは容易い。だが作り直すことは難しい。しかし、作り直さなくてはいけない。穏やかな心で、あきらめずに。

日曜日の復活大祭、鐘楼《しょうろう》の鐘が鳴り響き、細い山道を縫うようにして近隣の町や村から信者たちが車でやって来た。人々が聖堂に集まり、祈りが始まる……。その後、コーヒーとお菓子が食堂のテーブルに並び、楽しそうにお喋りが始まる。民謡を歌う人もいる。神父に、家庭の悩みを打ち明ける人もいる。五歳の女の子、エバと仲良しになった。これからあなたは私の友達よ、と言うと、瞳をきらきらさせて、真剣にうなずく。今度、会うときは、ずっと背が高くなっているだろう。和やかに時が流れ、やがて信者たちは晴れやかな顔で帰って行き、ふたたび修道院は鎮まりかえった。

聖堂を出て、ひとりで山道を辿っていくと、小川が石を洗いながら、雪のように白い飛沫をあげて流れていく。数えきれない鳥の声を聞きながら、私は思った。もしも人々が鳥の言葉を話せたら……。今、人間が人間の言葉を失い、鳥の言葉で語りあうことができたら、この世から戦争はなくなるだろう。武器も作れなくなり、瞬時に大量の嘘をつきあうメディアも消え、ある民族に対する憎悪にみちた話に世界が翻弄されることはないだろう……。どちらが善で、どちらが悪かを決めつけることもなく、人が人を裁くこともなくなるだろう。この世から貨幣が消えて、石油やガスの売買も、法律の手続きを踏まぬ銀行の口座の取り押さえも、大国からの武器の援助も、建物の破壊もなくなり、全体主義も消えて軍需産業もなくなり、もう一度、どのように限られた食べ物や水を分け合えばよいか、人々は考えるだろう。人間の暮らしに、慎ましさと静けさがもどるかもしれない。

この三月には、様々なことが重なり合った。十二年間かけて、やっと織り上げた詩集『黙然をりて』が東京で生まれた。詩集には、人が言葉を失うときの様々な風景をまとめた。言葉にできない喜び、悲しみ、そして不正義など、言葉を喪失したときに残された色や形や音を、言葉で描くという作業は、爆音の中で子守歌を歌うのに似ていた。そして、またひとつ戦争が始まって、世界中に拡がろうとしている。私は、口を噤むほかなかった。空爆もさることながら、憎悪をあおり複雑な問題を短絡的に描き、激しさを増すメディア戦争に言葉を失った。ユーゴスラビア内戦のときも、大国が準備したストーリーから離れて戦争を語ることは難しかった。だが、今はそれが不可能であり、危険ですらある。「心にも思わぬことを、決して口にせぬように努めよ」という賢人の言葉がある、と友達が言った。二十世紀の初めに、「人間とは、他者とは違う考えを持つことを恐れる。多くの人は、自分のことだけを考えている」と、あるセルビアの哲学者が言ったのを思い出した。

そしてじきに、筑摩書房の河内卓氏から、『そこから青い闇がささやき』を文庫本にしては、とご提案があった。奇しくもNATOによるユーゴスラビア空爆開始の日から二十三年が過ぎようという日だった。一九九九年三月二十四日は、七十八日間続いた空爆が始まった日で、春ごとに悲しい出来事が甦る。数年ぶりに『そこから青い闇がささやき』を取り出し、読み返してみた。あのとき文章にまとめていなかったら、多くの出来事を忘れていただろうし、日本の読み手にバルカン半島から言葉を届けることはできなかったろう。

ここに集めた文章のほとんどは、多民族国家ユーゴスラビア社会主義連邦共和国が解体し、内戦が続いた一九九〇年代に書かれたもの、あの時にしか書けなかったものだ。おのずから、戦争が主題となっている。それは、同時に、内戦と国連制裁を生きなければならなかった私たちの命の情景を、書き残すことだった。難民支援の仲間たちとのワークショップ、国が閉鎖された時代のベオグラード大学の日本学の仕事、次々に思春期を迎える三人の息子を相手の子育て……。振り返れば、めまぐるしい日々は、良き思い出に満ちていた。

折々、誘われるままに綴った文章がほとんどだから、手作りのアルバムを眺めているような気持になる。どの戦争も天災もそうだろうが、集団の悲劇は、それぞれの人間の運命に織りこまれる。だが、どの運命ひとつとして同じではない。メディアの動画に収められた難民の人々の運命も、ひとつひとつ違う。メディアが沈黙する悲劇も沢山ある。アフリカの各地、シリアをはじめ、今日の世界の紛争地について、私もふくめ多くの人は何も知らずに暮らしている。詩人の仕事とは、闇に葬られる人々の運命をひとつひとつ、小さな光で照らし、さまざまな汚れから浄めていく仕事なのではないだろうか、と思うようになった。清流が石を浄めるように……。

この書物に登場する人々のなかには、すでに亡くなった方々もいる。また二度と会うことが無かった人も多い。何度も訪ねた難民センターの多くは、時代がなんとか落ち着いて閉鎖された。一九九五年ころから十年あまり、私がメンバーだった難民支援グループ「ZDRAVO DA STE《ズドラボ・ダ・ステ》」も、今は役割を終えて解散した。主宰者だった心理学者のベスナ・オグニェノビッチは、二〇一七年の暮れに、仲間たちに惜しまれてこの世を去った。彼女の仕事に共鳴し、励まされて支えられた日々を思い出す。ワークショップのステップについて意見が食い違い、二人で激しい議論となった深夜、窓辺にウグイスが歌いはじめ、私たちは顔を見合わせ押し黙り、清らかな声に思わず赦し合った、そんな春もあった。時は流れて、善き出会いが心を満たしている。

私たちの集合住宅の四階の家族の幼いこどもたち、ステファンとダヤナは、もし二十三年前のＮＡＴＯの空爆で爆死していなかったら、すっかり大人になっていて、恋をしてそろそろ結婚する年頃になっているだろう。ただ一人、奇蹟的に生き延びた母は、今も同じ建物にひっそりと住む。背筋を伸ばし、まっすぐ遠くを見つめるようにして歩く彼女を、団地で見かける。だが彼女の顔は、すっかり感情を失って、乳白色の陶器の仮面となった。辛い日々のあと、しばらくは恋人らしい人がいた、と聞いた。ある日のこと、団地の八百屋の店先で、彼女は鞄《かばん》から絵本を取り出して、急に大きな声で笑い出した。それから又、彼女は独りぼっちになった、という。そしてあの夏の日、エレベーターに乗りあわせたお隣さんが言った。「四階の彼女、知っているでしょう。二週間ほどすべての人と連絡を絶ち、家に籠りつづけてね。昨日、弟と警察に説得されてやっとドアを開いた。断食を続け、蠟燭を灯し、死のうとしていたらしい」と。あれから十年ほど経つ。彼女の戦争には、終りがない。

野原の馬の作文を書いたニーナは、父が移住したアメリカに渡り、大学でスポーツ学を専攻して体育の先生になった。彼女の母、ゴガは小学校の心理カウンセラーで、バニャルカ市の「ZDRAVO DA STE」のメンバー、私の大切な友達だった。なかなか会えずにいたが、三年前、バニャルカを訪ね、ブルバス川の岸辺のレストランでお喋りをした。会えずにいた時間を取り戻そうとするように、私たちの話は尽きることがなかった。

久しぶりねえ、会えて幸せ、とゴガは微笑んで、贈り物を取り出す。緑のオーガンジーの小さな袋に、ペパーミントが入っていた。高原で摘んで手ずから乾した葉は、いい匂いだった。眠れない夜にいいわ、と言った。そしてガラス瓶には、胡桃入りの蜂蜜が入っていた。これはね、空気の美味しい山で友達が作った蜜よ、身体にとてもいいから、と柔らかな声だった。勇気を失くした人を安心させるような、あのアルトの声だ。すっかり大人になったこどもたちのことを語り合い、成長を喜んだ。

そして言った。私ね、昨年、リュブリャナの病院でがんの手術をしたの、と。難しくて危険な手術だった。両足の血管の手術……。でも今はすっかり元気よ、と明るい。闘病生活は、苦しかったはずだが、表情は清々しかった。今日は、私のおごりよ、と彼女。「じゃあ、この次は私ね」と、お礼を言う。しばらく川岸を散歩して、今度はゆっくり会おう、と笑顔で別れた。だが、願いはかなわなかった。それから二年後、仲良しのリュビツァから電話があった。やはり、難民支援の仲間だ。私は、思いがけぬ声に喜んだ。が、リュビツァの声は沈んでいる。哀しいお知らせよ、ゴガが亡くなったの、と。アメリカから夫とニーナが駆けつけ、久しぶりに家族は集まり、最期のお別れができた、それがせめてもの慰め、と。私は言葉を失った……。ボスニアの内戦が始まると、コンピュータ技師の夫は、バニャルカを逃れてアメリカへ行こうと言った。だが、ゴガは、今こそ小学校の児童たちに私は一番必要とされているから、と言って、バニャルカに夫の両親と一緒にとどまった。夫は単身で、アメリカへ渡った。娘のニーナが父のもとで暮らすようになったのは、戦争も終わったずっと後のことだ……。あの夜、ゴガと散歩したブルバス川の岸辺を思い出す。夜の川の流れにちりばめられた、無数の山林檎の花びらのような光を……。

『そこから青い闇がささやき』が刊行されたのは二〇〇三年、その翌二〇〇四年三月十七日から十九日にかけて、セルビアの南部のコソボ・メトヒヤ地方ではアルバニア人過激派による暴動が起こり、三十五ものセルビア正教会の聖堂や修道院が破壊された。その中には、ユネスコの無形文化財に登録されたプリズレンのリェビシャ至聖生神女聖堂《しせいしょうしんじょせいどう》など、十九の貴重な修道院や教会があった。わずか三日で四千人ものセルビア人が新たに避難民となり、民族浄化はさらに進んだ。ゴイブリェ村小学校のこどもたちも、避難民となって故郷の村を後にした。難民支援の仲間たちと夏休みに、谷川俊太郎の「かっぱかっぱらった」を一緒に読んだこどもたちだ。

そして二〇〇八年、二月十七日。アルバニア人によるコソボ議会が、コソボ独立宣言をする。その翌日は、ベオグラード大学の日本学科の学生と、詩のワークショップ『天使たち』を行う日だった、と記憶する。朝の教室は、言われない哀しさに沈んでいた。誰も何も言わず言葉もなく、ベオグラード文化センターへ向かう。大きなガラス窓から春の陽光が差し込み、四つのグループに分かれて二つの詩を読んだ。ここに詩を掲げる。ひとつはセルビア現代詩人ボイスラブ・カラノビッチの「天使」だ。

天使

天使、それはとても小さな生きもの
けし粒のなかに
眠れそうなほど

どうして
けしの実がふわふわの
ねどこになるの
なるとも、天使はとても静か
天使が飛ぶのを君は
感じないほど

どうしてあんなに小さな
なんでもない粒の中で

天使は眠れるの
君には見えない　天使は白い
さらさらと　粉になる
雲のように
天使がねころぶと
黒い粒は
きゅうくつじゃないの
天使はからだがない　その翼を
織り上げたのは
君の吐く息

そして、もうひとつは谷川俊太郎の「哀れな天使」だった。

哀れな天使

しろいつばさにしたたる
ひとのあかいち
ふさがっていたはずのきずぐちが
またくちをあけた

そのいろはてんしにはみえない
はばたけばすぐ
あかはいろあせる

てんしのおもいおよばぬところで
ひとはいきる
てんしになれたらとねがいながら
ひとはしぬ

きぎのみどりにかこまれ
うみのあおにそまって

二つの詩を、声に出して様々な方法で読んだあと、グループに分かれてパフォーマンスをする。三つのグループが「天使」を選び、一つのグループが「哀れな天使」を選んだ。どちらを選んでもよかったが、あの朝、「人の赤い血」は、多くの学生にとって重たい言葉だったのだろう。だが「哀れな天使」を選んだ学生たちもいて、「血」という言葉をそっと胸に受け止めていた。最後に、ふたつの詩をみんなで読み合わせると、優しい音楽となった。厳しい時代に、詩がともに在ったことを思い出している。あの日の学生たちは、今、それぞれの道を歩んでいるだろう。

この文章を終わる前に、私の詩集『黙然をりて』から、あなたに詩をとどけたい。難民が登場する詩で、夢に見た情景を記した。

旅は終わらない

耳なれぬ国々の言葉たちが
通りすがりの町にあふれ
重い足音と混ざりあい
音楽となっていった
人の列は途切れず
長旅の叙事詩に
終わりがない

故郷の空は貝の火に燃え上がり
きよらかな地、安らかな国へ
ここから歩いて行けるのか
靴を失くした子供たちも
いっしょに行けるのか
玩具の円卓と椅子が四脚

植物の蔓《つる》で編まれていたが
売る者も買う者も姿を見せぬ
空は朝焼けなのか夕映えなのか

この夢のなかへ
曇りガラスのむこうから
知らない男と女の声がとどく
やっと心が安らいできた、と女
だが、何一つ、解決したわけではない、と男
西へと向かったのだ、と男
沙羅双樹《さらそうじゅ》の光を浴びに、と女

二人は食卓で夢解きをはじめて
朝が訪れた、不確かなこの国にも
目覚めという天の恵みがとどけられ

ひとつの国、ひとつの民族を悪と呼ぶことは、正しいことだろうか。人には人を裁くことができるだろうか。いずれにしろ、一九九〇年代の戦争、欧米によるメディアで悪とされ、国連制裁を受け、さらにNATOによる空爆に耐えたセルビアという国で暮らしてきた私たちには、今の地球の空気があまりにも苦しい。戦争を生みだし、戦争を煽るものは、言葉にほかならない。特定の国、特定の民族に対する憎悪に満ちた言葉が飛び交い、不安と恐怖を作り上げて、人と人との絆、国と国との繋がりが断たれていく時代にも、安らかな心でありたい。安らかな心を持つ人だけが、他者を救うことができるのだから。こどもを守ることができるのだから。心の安らぎを失わぬことこそが、名もなき私たちに残された唯一の戦いかもしれない。そして、私たちは勝たなくてはならない。

今、人間の言葉を消して、鳥の言葉に耳をかたむけるとき、あなたは見えないこどもの涙に気がつくかもしれない。野の花に宿る朝露のようなこどもの涙には、国の名も民族の名もいらない。あなたがそっと、寄りそうだけでいい。思いを馳せるだけでいい。

本書が文庫本となるにあたり、筑摩書房の河内卓氏にお世話になった。池澤夏樹氏には解説を書いていただいた。お二人に、心から感謝申し上げる。

本書の書名『そこから青い闇がささやき』は、ベオグラードの画家、ブラディミル・ドゥニッチの作品に霊感を得ている。NATO空爆下のベオグラードで生まれたデッサン「避難所」に、母と娘が描かれていた。三年後、ここから削ぎ落とせるものを削ぎ落とし、画家は正方形の油彩を描いた。母の腕が娘を抱く。青地に白の水玉模様の洋服は、闇を抱きとめる星空に思えた。娘の頰にそっと触れる母の指は、こどもを何かから守ろうとすると同時に、そっと沈黙を強いているようにも見える。

このたびの装画は三男の光の作品である。NATO空爆のもとで、少年だった彼は、毎日、不思議な絵を描いていた。当時の絵を集めて、松山巖氏の編集により『戦争と子ども』（西田書店）と題した書物にまとめたのは、二〇一五年のこと。その後、光は画家となった。

彼は二〇二〇年九月、ベオグラードの「Xビタミン画廊」にて、「うちがわはすべて、柔らかく優しくなる」と題した個展を開いた。社会主義時代に建設された団地群をテーマとした水彩画のなかから、本作品を選び本書の装画とした。作品に描かれた建物は、ずっと前に夢に見た街を想起させた。冬の夜、破壊された街には人の気配はなく、小さな店のショーウインドーが残され、仲間たちが歩いている……。建物の中から生まれでる薔薇色の卵のようなものは、人々の魂なのだろうか。善きものをもたらすのだろうか。自動車は、どこへ行くのか。

家族のひとりひとり、友人のひとりひとりに、ありがとう。いよいよ暗い時代となったが、善き言葉を人々が食物のように分け合うことができたらいい。

これを書き終わろうというとき、書肆山田の編集者大泉史世さんが五月十九日に永眠、と親友から知らせがあった。処女詩集『鳥のために』から『黙然をりて』まで、三十年近くも詩の道を導いてくださった。遥かな国で、本書を読んでくださると信じている。この小さな本が、世界を見るためのあなたの天窓となれば幸せだ。静かな夜空に星が瞬くことを祈りつつ……。

二〇二二年五月二十一日　ベオグラードにて

山崎佳代子

※巻頭の詩「階段、ふたりの天使」は、『薔薇、見知らぬ国』（書肆山田）所収。「デサンカさんのこと」に引用した詩作品「おやすみ」、「本という贈り物」のバスコ・ポパの詩作品「小さな箱」は、いずれも拙著『ベオグラード日誌』（書肆山田）所収、セルビア語からの拙訳。「おわり、或いは、あたらしいはじまり」に引用した谷川俊太郎の詩作品は、『夜中に台所でぼくはきみに話しかけたかった』（青土社）による。「文庫版『そこから青い闇にささやき』によせて」に引用したボイスラブ・カラノビッチの「天使」はセルビア語からの拙訳、谷川俊太郎の「哀れな天使」は、『クレーの天使』（講談社）から。これらはすべて許可のもと掲載した。

※二〇〇六年六月にモンテネグロが独立して連邦体制は解体、国名はセルビア共和国となった。

解説

池澤夏樹

こんな本の「解説」が誰に書けるだろう？

山崎佳代子は友人である。

彼女の詩をたくさん読んできたし、彼女の国セルビアを二度訪れた。札幌でも会い東京でも会った。たくさんの言葉を交わし、一緒にたくさんの人に会い、いろいろなものを食べた。

それでもユーゴスラビアが解体してセルビアになる痛苦の歴史と国連制裁と空爆の悲嘆の体験を書いたこの本を解説することはむずかしい。これはそれ自体で完結した本だから、ただ読んでほしいと言うしかない。

では彼女と共有するぼくの思いと記憶を綴ることにしよう。

異国に住むこの詩人の本を読んだのがいつでそれが何だったのか思い出せない。いずれにしても遠い昔のことだ。この『そこから青い闇がささやき』を読んだ時のことは覚えている。二〇〇三年の夏、ぼくが前年の暮れから勝手にやっていたイラク戦争反対の一人キャンペーンが（当然ながら）失敗に終わってあの国の子供たちの上に爆弾が降った後、失意の時期だった。だから戦下の人々の受難を伝えるこの本の言葉が理解できた。この本に書かれた事態をイラクの現実に重ねた。

二〇〇八年にベオグラードのブックフェアに招かれて、山崎さんの人柄に親しく接した。ぼくは友人を作るのが下手なのだがこの人とは友人になれた。だれでも会えば友人になるしかないような人なのだ。そのことはこの本を読めば歴然、これは友人と知人、たまたま出会った人などとの、一瞬でそれぞれの思いが伝わる言葉のやりとりに満ちた本である。

初めてのベオグラードでこの国の人たちがどれほど本が好きかを知った。この国の物価を考えると本は決して安くない。だからみんな買いたい本の名をメモしておいて年に一度のこのフェアで少し割引で買うのだという。実際、会場には人があふれていた（ブックフェアはヨーロッパで盛んで日本にはないものである）。

この国では詩が文芸の中で大きな地位を占めていることもよくわかった。そこで日本語とセルビア語で詩を書くカヨコがいかに活動的であるか自然と感知できた。実際、脇で見ていると彼女の一日はアレグロ・マ・ノン・トロッポで進行しているようだ。

出会って立ち話をする相手の数がまこと多くて広い敬愛を受けているかがよくわかる。

次は二〇一五年の十月。東ヨーロッパ各国の日本文学研究者の会合で、ぼくも参加した。

この時の旅で大事なのはヴルニャチカ・バニャという保養地でコソボから避難してきた女性たちの話を聞いたこと。お膳立てをしてくれたのはもちろんカヨコである。

この体験はそのままこの本の内容に繋がる。旧ユーゴスラビアの悲劇はぜんぜん終わっていない。

一九九一年九月、コソボのアルバニア系住民が一方的にセルビアからの独立を宣言して領内のセルビア系の人を迫害し始めた。それまでは隣人同士で平和に暮らしていた日常にいきなり狭量な民族主義が割り込んできて分断を図る。暴力沙汰が頻発して人が殺され、耐えられなくなった者が難民となってセルビアに逃げる。

そうして来た女性たちが一緒に暮らす施設がここにある。ぼくが行った日、彼女たち二十人ほどが集まってそれぞれの体験を話してくれた。

そのうちの一人、スネジャナ・ディミッチさんの身に起こったこと。ぼくより十歳ほど歳下の女性である。コソボ・ポーリェという町に住んでいたが、一九九九年の初夏、国連軍が入ってきて、それまでセルビア系の住民にとってはテロリストでしかなかったアルバニア系の「コソボ解放軍」が正規の警察になった。彼女の夫は発電所の技師だった。六月十三日、落雷で故障した箇所を修理しに出勤した。その作業中、彼らが来て、作業中であるのを承知の上で、通電した。夫は感電死した。それでも彼女は半年の間、隣人がみな逃げてしまったアパートに一人で、嫌がらせに耐えて、留まった。十一月一日になって迎えに来た弟の説得を受け入れてセルビアに移った。それ以来、ヴルニャチカ・バニャで暮らしている。

一人一人からそういう体験を聞く。一人の人は途中で泣き出してしまった。十五年前の辛い記憶がそっくりそのまま戻ってくる。他の人たちがそっと慰める。しかしその人は彼女たちの手料理が並ぶ夕食の席で改めて自分のことを静かに話してくれた。

こういう活動のぜんたいにカヨコは深く関わっている。それが何十年も続いている。そこから詩が生まれる。

なぜ詩なのか。

詩人にとってある種の体験は詩にせざるを得ないものだから。

その典型的な例がこの本のいちばん初めに置かれた「階段、ふたりの天使――ステファンとダヤナへ」という作品である。

一九九九年のNATOによる爆撃の時、七十八日間続いたこの困難な時期にカヨコと家族はその手段はあるのにベオグラードを離れなかった。それができないほどこの町の人々との絆は強かった。

家族は十四階建ての集合住宅に住んでいた。物資の不足と停電に苦しめられ、連日連夜の空襲警報に怯えて暮らした。テレビ局と化学工場が破壊された。

そして同じ建物に住む幼い子供二人が疎開先の祖父の家で爆弾で死んだと告げられた。よく知っている顔。愛らしい盛りの男の子と女の子。二人の遺影が建物の入り口に貼り出された。

ここに住む人々は停電でエレベーターが動かないので毎日階段を上り下りしていた。カヨコの場合は十一階。水をいっぱい入れたバケツを持って暗闇の階段を上るのは容易なことではなかった。あの子たちが日々上った階段である。

幼い死と階段が一緒になった時、詩が生まれた。

天使が空に
かえった朝も
小さな足あとが
ただ闇にかがやき

詩を書く時には草稿を何度も口に出して語調を整える。この詩の場合もカヨコはそうしただろうし、同じ詩のセルビア語の版でも音の繋がりを何度も確かめただろう。そうやって二人の子供は悼まれた。日本語とセルビア語、どちらが先に書かれたのだろう？

なぜセルビアはＮＡＴＯの攻撃を受けたか？

もともとユーゴスラビアは多くの民族が共存する珍しい国家だった。冷戦時代、ティトーというカリスマ的な大統領の人望で国家としての統一を保っていたが、一九八〇年に彼が死んで各民族の間がきしみ始めた時、西側列強はユーゴスラビアは解体するしかないと考え、その方策として最も大きなセルビアに対する他民族の反抗を応援することにした。そしてセルビア人を悪者に仕立てるべく宣伝戦に出た。メディアはクロアティアとの戦いではクロアティア側の死者の数ばかりを報じた。セルビア人のふるまいに「民族浄化」というレッテルを貼ったのはアメリカの広告代理店だった。複雑な歴史を最も単純化して言えばそういうことになる。

そして世界はインテリまで含めてころりと騙された。ＮＡＴＯの爆撃に反対したのはソルジェニーツィンやアンゲロプロスなど僅かで、スーザン・ソンタグやエンツェンスベルガーまでが賛成に手を挙げた。あのソンタグが宣伝に乗ってジェノサイドという言葉を鵜呑《うの》みにしたのだ。

この時に爆撃に反対と公言したのがドイツ語の詩人ペーター・ハントケだった。なぜセルビアだけが悪いのかと彼は言い、爆弾の降るセルビアにわざわざ旅行してその報告を刊行し、爆弾が落ちる下には普通の人たちがいると伝えた。罵詈《ばり》雑言《ぞうごん》が彼に殺到し、文学賞などの栄誉が過去に遡って剝奪された。みながヒステリックになり、今の用語で言えば炎上だが彼は自分が言ったことを撤回しなかった。

そして、時がたつにつれて世界は彼が間違っていなかったことを少しずつ理解するようになったらしい。二〇一九年のノーベル文学賞が彼に与えられたのは名誉回復の試みであり謝罪であっただろうとぼくは考える。

彼の詩を引用しておこう。ヴィム・ヴェンダースの映画「ベルリン・天使の詩」の冒頭で手書きの文字と朗読で観客に手渡される――

子供は子供だったころ
腕をブラブラさせ

小川は川になれ　川は大河になれ
水たまりは海になれと思った

子供は子供だったころ
自分が子供とは知らず
すべてに魂があり
魂はひとつと思っていた

最後にカヨコの人柄について。

書いた言葉がいいのは本書を見ればわかることだが、話す言葉もすばらしい。食事など私的な場での会話が巧みなのはもちろんのこと、学生や聴衆を前にしての公的な話の場でも聞く者みんなの心をあっという間に摑《つか》む。笑いを引き出し、テーマに向けて心を引き寄せ、言いたいことを理解させ、共感を呼び、感銘を与える。

これは彼女がセルビア語で話すのを聞いていたぼくの感想。この言葉をぼくはまったく知らないのだが、それでも場の雰囲気はわかる。語学の才ということもあるだろうが、しかしこれは人間の才なのだ。

カヨコの詩のこと。

これは読んでもらうしかない。読めば彼女が引用している詩人ステバン・ライチコビッチさんの言うことがわかるはずだ——「散文は外の世界からやって来て、詩は内なる世界からやって来る」。

多くのことがセルビアという外の世界からやってきて、それを彼女はこの本に書いた。そして一旦は彼女の中に入ったそれらの事象が心の内で精錬され結晶として詩になった、「階段、ふたりの天使」のような。

二〇二二年六月　沖縄　今帰仁

初出一覧　（　）内は初出時タイトル。「書き下ろし」は単行本刊行時

階段、ふたりの天使　『薔薇、見知らぬ国』二〇〇一年八月十日　書肆山田
緑の水、音楽（一九九五年、ベオグラードから）「るしおる」二五号　一九九五年八月　書肆山田

I
小さな自叙伝　書き下ろし
写真のないアルバム　書き下ろし

II
昼下がりのバスストップ（共存の道はどこに）「婦人之友」一九九二年二月号　婦人之友社
燃え上がる炎　同右
投獄された人々（スネジャナさんの手紙）「ビィ・オール」一九九二年九月号　ビィ・オール社
黒い花「新潮」一九九四年七月号　新潮社

III
見えない戦争（民族という闇）別冊「宝島」一九五号　一九九四年四月　宝島社
わたしの国の物語（ある国の物語）『スルツェ　こころ』一九九八年　難民を助ける会編

IV
向日葵の女の子（ベオグラード・秋）「新潮」一九九五年十一月号　新潮社
麦畑の娘たち　書き下ろし

水の情景　書き下ろし
野原、馬「文藝」一九九七年冬号　河出書房新社
V
境界の文学「現代詩手帖」一九九七年五月号　思潮社
橋をめぐるものたち「FRONT」一九九八年十月号（財）リバーフロント整備センター
デサンカさんのこと　書き下ろし
VI
花冷え、空襲警報　書き下ろし
宇宙と、声と、沈黙と「朝日新聞」一九九九年四月五日
小さな声、かすかな音「婦人之友」一九九九年六月号　婦人之友社
歌、私たちが光を呼びもどすとき「混声合唱組曲・鳥のために」二〇〇〇年　音楽之友社
一九九九年、春「国語通信」二〇〇〇年春号　筑摩書房
隠された声たち「婦人之友」一九九九年八月号　婦人之友社
バスの伝説　書き下ろし
VII
本という贈り物「季刊・本とコンピュータ」二〇〇三年春号　トランスアート
そして島は漂いはじめた（あるひとつの国の物語）「FRONT」一九九八年十月号（財）リバーフロント整備センター
おわり、或いは、あたらしいはじまり　書き下ろし

装画

Nebojša Yamasaki Vukelić作、無題、水彩と鉛筆、五〇×六五センチメートル、二〇一九年

本書は、二〇〇三年七月に河出書房新社により刊行されました。文庫化に際し、副題を付し、加筆修正をおこないました。

詩ってなんだろう 谷川俊太郎

谷川さんはどう考えているのだろう。その道筋にそって詩を集め、選び、配列し、詩とは何かを考えるおおもとを示しました。（華恵）

適切な世界の適切ならざる私 文月悠光

中原中也賞、丸山豊記念現代詩賞を最年少の18歳で受賞し、21世紀の現代詩をリードする文月悠光の記念碑的第一詩集が待望の文庫化！（町屋良平）

先端で、さすわ・さされるわ そらええわ 川上未映子

すべてはここから始まった——。デビュー作にして圧倒的文圧を誇る表題作を含む珠玉の七編。第14回中原中也賞を受賞した第一詩集がついに文庫化！

水　瓶 川上未映子

鎖骨の窪みの水瓶を捨てにいく少女を描いた長編詩「水瓶」を始め、より豊潤に尖鋭に広がる詩的宇宙。第43回高見順賞に輝く第二詩集、ついに文庫化！

倚りかからず 茨木のり子

もはや／いかなる権威にも倚りかかりたくはない……話題の単行本に3篇の詩を加え、高瀬省三氏の絵を添えて贈る決定版詩集。（山根基世）

一本の茎の上に 茨木のり子

「人間の顔は一本の茎の上に咲き出た一瞬の花である」表題作をはじめ、敬愛する山之口貘等について綴った香気漂うエッセイ集。（金裕鴻）

茨木のり子集 言の葉（全3冊） 茨木のり子

しなやかに凜と生きた詩人の歩みの跡を、詩とエッセイで編んだ自選作品集。単行本未収録の作品なども収め、魅力の全貌をコンパクトに纏める。

春原さんのリコーダー 東直子

シンプルな言葉ながら一筋縄ではいかない独特な世界観の東直子デビュー歌集。刊行時の栞文や、花山周子による評論、川上弘美との対談も収録。

回転ドアは、順番に 穂村弘・東直子

ある春の日に出会い、そして別れるまで。気鋭の歌人ふたりが、見つめ合い呼吸をはかりつつ投げ合う、スリリングな恋愛問答歌。（金原瑞人）

えーえんとくちから 笹井宏之

風のように光のようにやさしく強く二十六年の生涯を駆け抜けた夭折の歌人・笹井宏之。そのベスト歌集が没後10年を機に待望の文庫化！（穂村弘）

遠い朝の本たち 須賀敦子
一人の少女が成長する過程で出会い、愛しんだ文学作品の数々を、記憶に深く残る人びととの想い出とともに描くエッセイ。（末盛千枝子）

ブルースだってただの唄 藤本和子
アメリカで黒人女性はどのように差別と闘い、生きてきたか。名翻訳者が女性達のもとへ出かけ、耳をすまして聞く。新たに一篇を増補。（斎藤真理子）

アイヌの世界に生きる 茅辺かのう
アイヌの養母に育てられた開拓農民の子が大切に覚えてきた、言葉、暮らし。明治末から昭和の時代をアイヌの人々と生き抜いてきた軌跡。（本田優子）

ロシア文学の食卓 沼野恭子
前菜、スープ、メイン料理からデザートや飲み物まで。「食」という観点からロシア文学の魅力に迫る読書案内。カラー料理写真満載。（平松洋子）

隣のアボリジニ 上橋菜穂子
大自然の中で生きるイメージとは裏腹に、町で暮らすアボリジニもたくさんいる。そんな「隣人」アボリジニの素顔をいきいきと描く。（池上彰）

消えた国 追われた人々 池内紀
カントが、ホフマンが、コペルニクスが愛した国はなぜ消えたのか？ 戦禍によって失われた土地の記憶を追い求める名作紀行待望の文庫化。（川本三郎）

本は読めないものだから心配するな 管啓次郎
この世界に存在する膨大な本をめぐる読書論であり、ブックガイドであり、世界を知るための案内書。読めば、心の天気が変わる。（柴崎友香）

読書からはじまる 長田弘
自分のために、次世代のために――。「本を読む」意味をいまだからこそ考えたい。人間の世界への愛に溢れた珠玉の読書エッセイ！（池澤春菜）

すべてきみに宛てた手紙 長田弘
この世界を生きる唯一の「きみ」へ――人生のためのヒントが見つかる、39通のあたたかなメッセージ。傑作エッセイが待望の文庫化！（谷川俊太郎）

詩歌の待ち伏せ 北村薫
〝本の達人〟による折々に出会った詩歌との出会いが生んだ名エッセイ。これまでに刊行されていた3冊を合本した〈決定版〉。（佐藤夕子）

こちらあみ子　今村夏子

あみ子の純粋な行動が周囲の人々を否応なく変えていく。第26回太宰治賞、第24回三島由紀夫賞受賞作。書き下ろし「チズさん」収録。（町田康／穂村弘）

さようなら、オレンジ　岩城けい

オーストラリアに流れ着いた難民サリマ。言葉も不自由な彼女が、新しい生活を切り拓いてゆく。第29回太宰治賞受賞・第150回芥川賞候補作。（小野正嗣）

沈黙博物館　小川洋子

「形見じゃ」老婆は言った。死の完結を阻止するために形見が盗まれる。死者が残した断片をめぐるやさしくスリリングな物語。（堀江敏幸）

注文の多い注文書　小川洋子　クラフト・エヴィング商會

バナナフィッシュの耳石、貧乏な叔母さん、小説に隠された〈もの〉をめぐり、二つの才能が火花を散らす。贅沢で不思議な前代未聞の作品集。（平松洋子）

ねにもつタイプ　岸本佐知子

何となく気になることにこだわる、ねにもつ。思索、奇想、妄想はばたく脳内ワールドをリズミカルな名短文でつづる。第23回講談社エッセイ賞受賞。

なんらかの事情　岸本佐知子

エッセイ？　妄想？　それとも短篇小説？　……モヤッとするのに心地よい！　翻訳家・岸本佐知子の頭の中を覗くような可笑しな世界へようこそ！

星か獣になる季節　最果タヒ

推しの地下アイドルが殺人容疑で逮捕!?　僕は同級生のイケメン森下と真相を探るが――。歪んだピュアネスが傷だらけで疾走する新世代の青春小説！

虹色と幸運　柴崎友香

珠子、かおり、夏美。三〇代になった三人が、人に会い、おしゃべりし、いろいろ思う一年間。移りゆく季節の中で、日常の細部が輝く傑作。（江南亜美子）

須永朝彦小説選　須永朝彦　山尾悠子編

美しき吸血鬼、チェンバロの綺羅綺羅しい響き、暗い水に潜む蛇……独自の美意識と博識で幻想文学ファンを魅了した小説作品から山尾悠子が25篇を選ぶ。

聖女伝説　多和田葉子

少女は聖人を産むことなく自身が聖人となれるのか？　著者の代表作にして性と生と聖をめぐる少女小説の傑作がいま蘇る。書き下ろしの外伝を併録。

君は永遠にそいつらより若い　津村記久子

22歳処女。いや「女の童貞」と呼んでほしい——。日常の底に潜むうっすらとした悪意を独特の筆致で描く。第21回太宰治賞受賞作。（松浦理英子）

アレグリアとは仕事はできない　津村記久子

彼女はどうしようもない性悪だった。すぐ休み単純労働をバカにし男性社員に媚を売る。大型コピー機とミノベとの仁義なき戦い！（千野帽子）

まともな家の子供はいない　津村記久子

セキコには居場所がなかった。うちには父親がいる。うざい母親、テキトーな妹。まともな家なんてどこにもない！　中3女子、怒りの物語。（岩宮恵子）

冠・婚・葬・祭　中島京子

人生の節目に、起こったこと、出会ったひと、考えたこと。冠婚葬祭を切り口に、鮮やかな人生模様が描かれる。第143回直木賞作家の代表作。（瀧井朝世）

パスティス　中島京子

漱石も太宰もケストナーもベケットも鮮やかに変身！　珠玉のパスティーシュ小説集が「あとがき」という名の新作を加え待望の文庫化。（清水義範）

ピスタチオ　梨木香歩

棚（たな）がアフリカを訪れたのは本当に偶然だったのか。不思議な出来事の連鎖から、水と生命の壮大な物語「ピスタチオ」が生まれる。（管啓次郎）

水辺にて　梨木香歩

川のにおい、風のそよぎ、木々や生き物の息づかい。カヤックで水辺に漕ぎ出すと見えてくる世界を、物語の予感いっぱいに語るエッセイ。（酒井秀夫）

通天閣　西加奈子

このしょーもない世の中に、救いようのない人生に、ちょっぴり暖かい灯を点す驚きと感動の物語。第24回織田作之助賞大賞受賞作。（津村記久子）

この話、続けてもいいですか。　西加奈子

ミッキーこと西加奈子の目を通すと世界はワクワク、ドキドキ輝く。いろんな人、出来事、体験がてんこ盛りの豪華エッセイ集！（中島たい子）

おまじない　西加奈子

さまざまな人生の転機に思い悩む女性たちに、そっと寄り添ってくれる、珠玉の短編集、いよいよ文庫化！　巻末に長濱ねると著者の特別対談を収録。

とりつくしま　東直子

死んだ人に「とりつくしま係」が言う。モノになってこの世に戻れますよ。妻は夫のカップに弟子は先生の扇子になった。連作短篇集。（大竹昭子）

キオスクのキリオ　東直子

「人生のコツは深刻になりすぎへんこと」。キオスクで働くおっちゃんキリオに、なぜか問題をかかえた人々が訪れてくる。連作短篇。イラスト・森下裕美

ベルリンは晴れているか　深緑野分

終戦直後のベルリンで恩人の不審死を知ったアウグステは彼の甥に訃報を届けに陽気な泥棒と旅立つ。歴史ミステリの傑作が遂に文庫化！（酒寄進一）

私小説 from left to right　水村美苗

12歳で渡米し滞在20年目を迎えた「美苗」。アメリカにも溶け込めず、今の日本にも違和感を覚え……。本邦初の横書きバイリンガル小説。

星間商事株式会社社史編纂室　三浦しをん

二九歳「腐女子」川田幸代、社史編纂室所属。恋の行方も友情の行方も五里霧中。仲間と共に「同人誌」を武器に社の秘められた過去に挑む!?（金田淳子）

変《かわ》半《り》身《み》　村田沙耶香

孤島の奇祭「モドリ」の生贄となった同級生を救った陸と花蓮は祭の驚愕の真相を知る。悪夢が極限まで疾走する村田ワールドの真骨頂！（小澤英実）

ラピスラズリ　山尾悠子

言葉の海が紡ぎだす、〈冬眠者〉と人形と、春の目覚めの物語。不世出の幻想小説家が20年の沈黙を破り発表した連作長篇。補筆改訂版。（千野帽子）

増補 夢の遠近法　山尾悠子

「誰かが私に言ったのだ／世界は言葉でできていると」。誰も夢見たことのない世界が、ここではじめて言葉になった。新たに二篇を加えた増補決定版。

歪み真珠　山尾悠子

「歪み真珠」すなわちバロックの名に似つかわしい絢爛で緻密、洗練を極めた作品の数々。読んだらきっと虜になる美しい物語の世界へようこそ。（諏訪哲史）

ポラリスが降り注ぐ夜　李琴峰

多様な性的アイデンティティを持つ女たちが集う二丁目のバー「ポラリス」。国も歴史も超えて思い合う気持ちが繋がる7つの恋の物語。（桜庭一樹）

尾崎翠集成（上・下）　中野翠編　尾崎翠

鮮烈な作品を残し、若き日に音信を絶った謎の作家・尾崎翠。時間と共に新たな輝きを加えてゆくその文学世界を集成する。

絶望図書館　頭木弘樹編

心から絶望したひとへ、絶望文学の名ソムリエが古今東西の小説、エッセイ、漫画等々からぴったりの作品を紹介。前代未聞の絶望図書館へようこそ！

トラウマ文学館　頭木弘樹編

大好評の『絶望図書館』第2弾！　もう思い出したくもないという読書体験が誰にもあるはず。洋の東西、ジャンルを問わずそんなトラウマ作品を結集！

方壺園　陳舜臣　日下三蔵編

唐後期、特異な建築「方壺園」で起きた漢詩の盗作をめぐる密室殺人の他、乱歩賞・直木賞・推理作家協会賞を受賞したミステリの名手による傑作集。

女と刀　中村きい子

明治時代の鹿児島で士族の家に生まれ、男尊女卑や家の厳しい規律など逆境の中で、独立して生き抜いた一人の女性の物語。（鶴見俊輔・斎藤真理子）

愛についてのデッサン　野呂邦暢　岡崎武志編

夭折の芥川賞作家が古書店を舞台に人間模様を描く「古本青春小説」。古書店の経営や流通など編者ならではの視点による解題を加え初文庫化。

好きになった人　梯久美子

栗林中将や島尾ミホの評伝で、大宅賞や芸術選奨を受賞したノンフィクション作家が、取材で各地を訪れ出会った人々について描く。（中島京子）

花の命はノー・フューチャー　ブレイディみかこ

移民、パンク、LGBT、貧困層。地べたから見た英国社会をスカッとした笑いとともに描く。200頁分の大幅増補！　推薦文＝佐藤亜紀（栗原康）

柴田元幸ベスト・エッセイ　柴田元幸編著

例文が異常に面白い辞書。名曲の斬新過ぎる解釈。そして工業地帯で育った日々の記憶。名翻訳家が自ら選んだ、文庫オリジナル決定版。

杏のふむふむ　杏

連続テレビ小説「ごちそうさん」で国民的な女優となった杏が、それまでの人生を、人との出会いをテーマに描いたエッセイ集。（村上春樹）

屋上がえり　石田千

屋上があるととりあえずのぼってみたくなる。百貨店、病院、古書店、母校……広い視界の中で想いを紡ぐ不思議な味のエッセイ集。（大竹聡）

土曜日は灰色の馬　恩田陸

顔は知らない、見たこともない。けれど、おはなしの神様はたしかにいる――。あらゆるエンタメを味わい尽くす、傑作エッセイを待望の文庫化！

北京の台所、東京の台所　ウー・ウェン

料理研究家になるまでの半生、文化大革命などの出来事、北京の人々の暮らしの知恵、日中の料理について描く。北京家庭料理レシピ付。（木村衣有子）

ボン書店の幻　内堀弘

1930年代、一人で活字を組み印刷し好きな本を刊行していた出版社があった。刊行人鳥羽茂と書物の舞台裏の物語を探る。（長谷川郁夫）

現実脱出論 増補版　坂口恭平

「現実」それにはバイアスがかかっている。目の前の「現実」が変わって見える本。文庫化に際し一章分「現実創造論」を書き下ろした。（安藤礼二）

あしたから出版社　島田潤一郎

青春の悩める日々、創業への道のり、編集・装丁・営業の裏話、忘れがたい人たち……「ひとり出版社」を営む著者による心打つエッセイ。（頭木弘樹）

ポケットに外国語を　黒田龍之助

言葉への異常な愛情で、外国語本来の面白さを伝えるエッセイ集。ついでに外国語学習が、もっと楽しくなるヒントもつまっている。（堀江敏幸）

アンビエント・ドライヴァー　細野晴臣

はっぴいえんど、YMO……日本のポップシーンで様々な花を咲かせ続ける著者の進化し続ける自己省察。帯文＝小山田圭吾（テイ・トウワ）

絶叫委員会　穂村弘

町には、偶然生まれては消えてゆく無数の詩が溢れている。不合理でナンセンスで真剣だからこそ可笑しい、天使的な言葉たちへの考察。（南伸坊）

ベランダ園芸で考えたこと　山崎ナオコーラ

ドラゴンフルーツ、薔薇、ゴーヤーなど植物を育て、生と死を見つめた日々。『太陽がもったいない』を改題、書き下ろしエッセイを新収録！（藤野可織）

東京骨灰紀行 小沢信男

両国、谷中、千住……アスファルトの下、累々と埋もれる無数の骨灰をめぐり、忘れられた江戸・東京の記憶を掘り起こす鎮魂行。（黒川創）

東京の戦争 吉村昭

東京初空襲の米軍機に遭遇した話、寄席に通った話。少年の目に映った戦時下・戦後の庶民生活を活き活きと描く珠玉の回想記。（小林信彦）

証言集 関東大震災の直後 朝鮮人と日本人 西崎雅夫編

大震災の直後に多発した朝鮮人への暴行・殺害。芥川龍之介、竹久夢二、折口信夫ら文化人、子供や市井の人々が残した貴重な記録を集大成する。

南の島に雪が降る 加東大介

召集された俳優加東はニューギニアで死の淵をさまよう兵士たちを鼓舞するための劇団づくりを命じられる。感動の記録文学。（保阪正康・加藤晴之）

ライカでグッドバイ 青木冨貴子

ベトナム戦争の写真報道でピュリッツァー賞にかがやき、34歳で戦場に散った沢田教一の人生を描いたノンフィクションの名作。（開高健／角幡唯介）

戦場カメラマン 石川文洋

米兵が頭を撃ち抜かれ、解放軍兵士が吹き飛ぶ。祖国を守るため、自由を得るため、差別や貧困から脱するため、戦う兵士。破壊される農村。（藤原聡）

広島第二県女二年西組 関千枝子

8月6日、級友たちは勤労動員先で被爆した。突然に逝った39名それぞれの足跡をたどり、彼女らの生を鮮やかに切り取った鎮魂の書。（山中恒）

アフガニスタンの診療所から 中村哲

戦争、宗教対立、難民。アフガニスタン、パキスタンでハンセン病治療、農村医療に力を尽くす医師と支援団体の活動。（阿部謹也）

本土の人間は知らないが、沖縄の人はみんな知っていること 矢部宏治

普天間、辺野古、嘉手納など沖縄の全米軍基地を探訪し、この島に隠された謎に迫る痛快無比なデビュー作。カラー写真と地図満載。（白井聡）

水木しげるのラバウル戦記 水木しげる

太平洋戦争の激戦地ラバウル。その戦闘に一兵卒として送り込まれ、九死に一生をえた作者が、体験が鮮明な時期に描いた絵物語風の戦記。

ちくま文庫

そこから青《あお》い闇《やみ》がささやき

――ベオグラード、戦争《せんそう》と言葉《ことば》

二〇二二年八月十日　第一刷発行

著　者　山崎佳代子（やまさき・かよこ）
発行者　喜入冬子
発行所　株式会社　筑摩書房
東京都台東区蔵前二―五―三　〒一一一―八七五五
電話番号　〇三―五六八七―二六〇一（代表）
装幀者　安野光雅
印刷所　中央精版印刷株式会社
製本所　中央精版印刷株式会社

ISBN978-4-480-43833-1　C0195